O profundo leito do rio e outros contos

Editora Appris Ltda.
1.ª Edição - Copyright© 2023 do autor
Direitos de Edição Reservados à Editora Appris Ltda.

Nenhuma parte desta obra poderá ser utilizada indevidamente, sem estar de acordo com a Lei nº 9.610/98. Se incorreções forem encontradas, serão de exclusiva responsabilidade de seus organizadores. Foi realizado o Depósito Legal na Fundação Biblioteca Nacional, de acordo com as Leis nos 10.994, de 14/12/2004, e 12.192, de 14/01/2010.

Catalogação na Fonte
Elaborado por: Josefina A. S. Guedes
Bibliotecária CRB 9/870

K866p 2023	Kossobudzki, Luty O profundo leito do rio e outros contos / Luty Kossobudzki. – 1. ed. – Curitiba : Appris, 2023. 186 p. ; 23 cm.
	Inclui referências. ISBN 978-65-250-5011-9
	1. Contos brasileiros. 2. Vida urbana. 3. Fantasia. 4. Comédia. I. Título.
	CDD – B869.3

Editora e Livraria Appris Ltda.
Av. Manoel Ribas, 2265 – Mercês
Curitiba/PR – CEP: 80810-002
Tel. (41) 3156 - 4731
www.editoraappris.com.br

Printed in Brazil
Impresso no Brasil

LUTY KOSSOBUDZKI

O profundo
leito do rio
e outros contos

Appris
editora

FICHA TÉCNICA

EDITORIAL	Augusto V. de A. Coelho
	Sara C. de Andrade Coelho
COMITÊ EDITORIAL	Marli Caetano
	Andréa Barbosa Gouveia - UFPR
	Edmeire C. Pereira - UFPR
	Iraneide da Silva - UFC
	Jacques de Lima Ferreira - UP
SUPERVISOR DA PRODUÇÃO	Renata Cristina Lopes Miccelli
PRODUÇÃO EDITORIAL	Daniela Nazario
REVISÃO	Katine Walmrath
DIAGRAMAÇÃO	Bruno Ferreira Nascimento
CAPA	Lívia Costa

Dedico este livro a todos os leitores, que, assim como os ilustres desconhecidos no navio de Colombo, aceitaram participar da viagem inaugural e conquistar novas aventuras.

Agradecimentos

Inicialmente agradeço aos meus queridos e amados pais, Jan Polan Tadeu Kossobudzki e Rosamaria Kossobudzka, os quais desde muito cedo me incentivaram a escrever minhas traçadas linhas e soltar minha imaginação. Foi meu pai quem me deu o primeiro caderno de anotações e criatividade, o qual tenho até hoje, guardado com carinho e saudade.

Agradeço aos queridos avós Simão e Teresa Kossobudzki. Ao padrinho querido, Olgierd Ligeza-Stamirowski, que me incentivou na leitura e escrita.

Agradeço à minha companheira e amada, Ana Carolina Paz Guterman, a qual sempre me incentivou a transformar meus textos em publicação e foi desde sempre minha leitora crítica número um. Muito obrigado pela atenção e carinho, sem você nada disso seria possível! Te amo!

À minha filha querida, Katarina Kossobudzka, que foi uma fonte de incentivo e inspiração. Te amo, filha!

Aos meus amados irmãos, Michal e Danuta Kossobudzki, e suas famílias, que fizeram parte da minha construção como autor e de como hoje estou bem e feliz. Em especial a Danuta e sua linda Sofia, que fizeram a primeira leitura crítica da obra. Obrigado, Amiguinha. Te amo!

À minha família "leite quente" favorita, a querida prima Cristiane Kossobuzka, meu primo Fabyano Prestes e as meninas mais bonitas de Ponta Grossa, Luiza e Laura.

Às minhas queridas tias, Mônica Passos e Isabel Queiroz Telles, que me apoiaram e incentivaram a consolidar meu projeto em publicação.

À minha prima do coração, Vera Las, que sempre esteve ao meu lado e foi muito importante na consolidação desta obra.

Um enorme abraço carinhoso de agradecimento à minha professora de Língua Portuguesa, a querida professora Maria Iglae Malini Alça Alves, que soube me chamar a atenção para o despertar da literatura e da escrita criativa quando dos meus 7 anos de idade. Até hoje nos falamos e trocamos ideias literárias. Obrigado pela companhia e carinho.

Especial agradecimento ao meu amigo e autor Mauricio Gomyde. Seu apoio e ensinamentos foram muito importantes para a consolidação deste projeto. Obrigado, amigo!

Especial agradecimento ao amigo jornalista Janildo Silva, que gentilmente se prontificou a fazer uma pequena resenha desta obra. *Up the Irons*, meu amigo, e obrigado.

Especial agradecimento à minha amiga professora Tatiana Brasileiro, que fez um trabalho brilhante na primeira revisão desta obra.

Abraço especial ao amigo tenor Sergio Righini. Sua biblioteca vasta, desde criança, me chamava atenção e foi fundamental à minha criatividade. Obrigado pela leitura crítica.

Aos meus amigos irmãos: Rafal Mazurkiewicz, Érico de Castro Borges, Mirna Dutra de Castro Borges, Miguel Genovese, Geraldo Pimenta, Marcio Bordignon, Cid Moraes e Simone Noronha, que sempre estiveram comigo em todos os recentes passos do longo caminho de reconstrução percorrido até chegar aqui. Obrigado, amigos!

Prefácio

Conheci o Luty nas velhas esquinas musicais de Brasília. Frequentávamos os mesmos shows e festas numa época em que receber o convite para tais eventos era mero detalhe. Juventude boa, pré-internet, de ficar com a moçada na rua, de papo pro ar encostado na bicicleta, conversando sobre os próximos shows e festas, tentando desvendar que meninas apareceriam ou quais das galeras iriam para arrumar confusão. Éramos da paz, músicos. Bateria e baixo. A cidade fervia de bandas, todo mundo queria fazer parte de uma e se apresentar onde alguém estivesse disposto a emprestar uma tomada. Culpa da Turma da Colina — moleques ousados! — que conseguiu romper as "fronteiras do quadradinho" e voar até onde a vista já não alcançava mais. Legião, Capital, Plebe e Paralamas, heróis que todo jovem gostaria de ser. Quando me encontrava com o Luty, o assunto invariavelmente era o Rush, nossa banda favorita. O último disco, a mais recente turnê, o tanto que os caras eram bons. "Será que algum dia eles vêm aqui...?".

Os anos se passaram, a cidade mudou, a Turma da Colina envelheceu. A internet aproximou e afastou as pessoas. O Rush veio, tocou, já acabou. Parte dos nossos heróis se foi. Mas junto vieram novas experiências, tornamo-nos pais, profissionais, senhores supostamente responsáveis. A correria do mundo levou cada um para um lado e nossos encontros fortuitos passaram a ter lugar nos supermercados, restaurantes, órgãos públicos ou parques. O assunto agora eram os filhos, o país, a pandemia, uma ou outra lembrança nostálgica. A roda do tempo girando, girando, girando...

Recentemente, reencontramo-nos nas novas esquinas literárias da cidade. Eu, já com alguma coisa publicada. O Luty, com uma enorme sede para publicar suas tantas histórias. Muita coisa havia acontecido, experiências loucas, viagens, alegrias, uniões, separações, desilusões, quedas, apertos, recomposições, aventuras e desventuras. Era hora de deixar tudo aquilo explodir.

O Profundo Leito do Rio é um apanhado desta explosão que permeia o passado vibrante da juventude e as incertezas e alegrias no presente da vida adulta. Saborear cada um dos contos é celebrar a simplicidade dos momentos, o sentimento pelos amigos e amores, a paixão pela cidade, a intensidade das grandes músicas e a força da literatura. É celebrar a vida, que nunca vai deixar de ser instigante, especialmente pela lente de um observador atento e apaixonado como o Luty Kossobudzki.

Revisito os contos e, como leitor, imagino-o sentado diante de uma cerveja gelada, escrevendo suas histórias-memórias, traduzida nos versos de nossa banda favorita: "Agora eu quero olhar ao meu redor, ver mais das pessoas e dos lugares que me cercam. Tempo, fique parado. O Verão está passando rápido, as noites ficando mais frias, crianças crescendo e velhos amigos ficando mais velhos. Congele este momento um pouco mais, faça cada sensação um pouco mais intensa. Tempo, fique parado" [1]. E, ao final, um gole, um brinde, um sorriso e o empurrão para que a roda volte a girar e girar e girar...

Maurício Gomyde

Maurício Gomyde é escritor, músico e roteirista de cinema. Tem livros publicados no Brasil e em outros 5 países (Portugal, Espanha, Itália, Alemanha e Lituânia). Foi finalista do Prêmio Jabuti 2016, com Surpreendente!

---

[1] Tradução da canção *Time Stand Still* do RUSH.

Convite

  O código de barras anterior é uma seleção musical que acompanha o livro. Trata-se de uma trilha sonora e cabe ao leitor identificar a que conto ou a que momento de sua vida as músicas pertencem.

  Desfrute. Navegue o rio cotidiano de nossas vidas.

  Percorra o profundo leito do rio.

  Beijo no coração.

Nota do autor.

Sumário

ESCALA MAIOR 15

O RABUGENTO 21

LADY 27

À SOMBRA DO IPÊ-AMARELO 37

SOBRAS DE CAMPANHA 45

PAIXÃO, SANGUE, SUOR E LÁGRIMAS 63

MEU ADORADO GATINHO 69

QUARENTENA 77

PRONTO-SOCORRO 83

O PROFUNDO LEITO DO RIO 91

POR DEBAIXO DA LONA 103

O SILÊNCIO 115

MILAGRE BOM PARA CACHORRO 117

A GARRAFA DO EMBAIXADOR 131

DÚVIDA MASCARADA 139

INDEPENDÊNCIA OU SORTE 145

MILKSHAKE 155

A MULHER, O CARA E A MÁSCARA 161

O MÉDICO E A PACIENTE 171

A LINHA DA FILA 177

Escala maior

Eram por volta de 18:35 e eu tinha terminado de enviar meu último relatório de trabalho. A semana tinha iniciado dois dias antes, mas já parecia que estava trabalhando havia muito mais tempo. Nada além de verdade, mas eu costumava fingir para mim mesmo que não era assim. Desse modo não ficaria pensando em como tinha tudo mudado e eu nem pude fazer nada, ou ainda pior, deixei-me levar pela necessidade. Não tinha ideia de como, mesmo numa adversidade, minha vida ia mudar. O que mais me preocupava era o fato de ter trabalhado o dia inteiro, feito relatórios, enviado contratos, fechado prazos, feito faturamentos, pagamentos e... não disse uma única palavra.

Tudo muito estranho. Eu fazia mil atividades, trabalhava duro, mas não dizia uma palavra. Todo o trabalho era feito por computador, usando e-mail, aplicativos de celular, entre outros. As conversas, e eram muitas, eu as realizava tudo via texto. Falava escrevendo e mais recentemente, com amigos e pessoas mais próximas, falava por símbolos, ícones e figuras. É... falava.

Já não lembrava mais de como era minha própria voz.

Eu costumava ficar parado diante da minha janela, segurando uma caneca com café bem quente até um pouco mais da metade, sem açúcar, naturalmente, olhando para fora e refletindo sobre o que via e de como deveria ser a vida de quem passava na rua. Gastava um tempo do dia, relaxando, vendo as pessoas circularem, para lá e para cá. Parecia que eu poderia ouvir e falar um monólogo divertido de muitas vozes silenciosas. Mais uma regra minha, talvez. Claro, sempre em silêncio.

Desde criança fui uma pessoa metódica, cheia de pequenas regras e listas. Ficar parado olhando pela janela, parecia observar o caos, como se a vida de quem passasse fosse ao acaso, sem regras, listas e método. Não sou filho único e nem tenho poucos amigos, acho que sou apenas organizado e isso me libera para pensar em outras coisas. Porém, silêncio contínuo era novidade.

Já morava sozinho havia pelo menos três ou quatro anos, desde quando me separei, e estava acostumado com um certo silêncio, ou algo assim, mas não o "mutismo" total. Pode ser exatamente por isso que as regras e os métodos funcionavam, afinal de contas morava sozinho e minha filha estava com a mãe.

Sim. Tenho uma filha e não consegui fazer com que ela morasse comigo. "É melhor para a criança e você sempre poderá visitá-la quando quiser. O melhor mesmo é que uma filha fique com a mãe! Homem não sabe cuidar de menina!" Essas quase sempre eram as palavras que eu ouvia de amigos e amigas que tentavam me consolar. "E o feminismo?" Era assim que eu interpretava quando refletia sobre esses conselhos. Acabei ficando sem ela, mas a via de tempos em tempos. Uma pena. Na ausência temporária dela, a sentença completa e derradeira: silêncio total!

Eu não sabia, até ouvir pela TV as novas recomendações, mas eu já morava e vivia em quarentena. Trabalhava de casa, resolvia quase tudo por aplicativos, falava somente o necessário e gostava de ficar no meu canto. Sentia-me bem. Meu apartamento não era um dormitório onde passava o dia fora, às vezes a noite inteira e voltava para dormir. Era mesmo a minha casa.

Agora, tinha tudo mudado. Mesmo que eu quisesse, não poderia sair e, se saísse, para onde iria? Não me sentia confinado antes e não me sinto agora, porém eu tinha a falsa convicção de que poderia sair quando quisesse, ainda que não saísse nunca, ou quase nunca. Havia uma certa fronteira fictícia na minha liberdade de ir e vir. Poderia romper a todo momento, mas não exercia esse benefício e isso não me trazia problemas. Já vivia aquartelado, mas não sabia. Quando soube como seriam as novas normas e de todos os procedimentos ou protocolos que deveria seguir (listas, hábitos e afins), não me pareceu que seria difícil, bastava manter o que já fazia comigo mesmo... há anos.

Num momento desses de apreciar a janela e ficar filosofando comigo mesmo, entre um gole e outro de café, ouvi não tão de longe assim um som claro e constante. Notas musicais! Não sabia de onde vinham, mas havia um som perfeito de um violoncelo, tocando uma música que de tão bela me fez sentar na poltrona da sala.

Mozart? Chopin? Não pude identificar logo de cara, mas ignorei esse fato e fiquei ali mesmo na minha sala, de camarote, ouvindo a música. Como não tinha percebido antes? Será que já tive essa chance antes e nunca ouvi? Era uma execução ou apenas uma reprodução num aparelho?

Minha resposta veio logo quando percebi que havia repetição de trechos da música e que, volta e meia, era a mesma música. Um estudo. Minha audição musical era um estudo, treino, ou o que fosse, mas tinha método, uma lista de sequência e... além da música, nenhuma palavra. Novamente, o silêncio silabar era uma constante e isso me atraía ainda mais.

Foi exatamente assim, no mesmo horário, por aproximadamente sete ou nove dias. Sem saber, já tinha feito desse momento uma parte importante do meu dia. Eu me acomodava na poltrona da sala e abandonava, progressivamente, o observatório da janela. Cada dia a música era tocada com mais perfeição e as repetições eram menores. Eu já estava me sentido capaz de dar uma nota máxima de apreciação, e todos os erros que eu tinha anotado, partes da minha lista, já tinham sumido. Porém, tão inesperado quanto o início, um dia, o som acabou.

Resolvi perguntar ao porteiro do prédio, numa atitude ousada da minha parte e quebrando minha semana de silêncio, se havia alguém no prédio que tocava instrumento musical exótico. Classifiquei dessa forma achando que ele não pudesse saber o que era um violoncelo. E não sabia mesmo. Não tive ajuda e ainda passei por bisbilhoteiro, pelo menos era assim que me sentia.

Já havia guardado na memória minha curiosidade quando num dia, voltando do mercado, de máscara e luvas, entrando no elevador, vejo uma jovem mão impedindo a porta de fechar.

A moça foi logo pedindo licença e ocupando o espaço da cabine. Não pude entender direito o que ela falava, a máscara impedia que eu compreendesse, mas também não prestei muita atenção. O que eu realmente olhava era que a outra mão puxava um estojo, que supus ser de um magnífico e, por ora, silencioso violoncelo.

A moça era linda. Magra, pele clarinha, cabelos lisos e negros, olhos penetrantes, firmes e meio esverdeados. Seus traços, até onde a máscara me permitiu ver, eram delineados e fortes como de uma mulher do Leste Europeu. Na minha mente, ela tinha um belo sorriso. Vê-la assim, ao meu lado, tão de perto, fez meu coração bater forte. Fiquei inquieto e minha máscara começou a me incomodar. Até hoje não sei bem como isso aconteceu, mas fui tomado por um calor, seguindo de uma sensação de paz que culminou com o que eu nunca imaginei que pudesse fazer. Rompi minha quarentena pessoal e social. Fiz um comentário:

— Chopin? — falei meio sem saber como tinha eu mesmo quebrado minha inércia e comecei logo em seguida a me arrepender do que havia feito.

— Como? — ela me respondeu com um olhar de interrogação estampado nos olhos.

— Ahhh, desculpe. Somos vizinhos e já ouvi você praticando violoncelo. Perguntei se você estava estudando uma peça de Chopin — falei e me calei. Na minha cabeça, havia um sino que batia em ressonância, dizendo para mim mesmo: "pronto, falei!".

— Hummm, sou eu quem me desculpo pelo incômodo. Mas... você acertou mesmo, é Chopin! Legal você saber. Estou estudando para uma prova de audição da orquestra, uma peça linda de violoncelo e piano — ela falou isso e a porta do elevador abriu, já tínhamos chegado no andar dela.

Não tive dúvida de que o certo era acompanhá-la, saindo também do elevador, muito embora aquele não fosse meu andar. Mas eu precisava continuar a conversa, mesmo que por mais alguns instantes, e não sei como isso aconteceu.

— Que isso, não precisa se desculpar. Em verdade e sendo sincero, eu que devo agradecer a audição gratuita. Tenho apreciado muito... — resolvi me calar. Não queria dar a entender que eu poderia ser algum maníaco do prédio... sei lá!

Silêncio!

Ela esboçou uma risada que demonstrava sua timidez e logo emendou:

— Fico feliz de você ter gostado, vou procurar tocar e não errar tanto. Prometo mudar, de tempos em tempos, a música. Para mim, soou como uma resposta de boas-vindas. Fiquei feliz.

Foi o suficiente para ambos darem uma boa e sonora risada. Nos despedimos e seguimos cada um para sua casa. Eu fui dando passos largos e nem acreditava em mim mesmo e na forma como havia quebrado meu silêncio sem pestanejar. Fui frio o suficiente para não retroceder. Sentei-me na poltrona e fiquei esperando-a iniciar os estudos do dia, fosse a hora que fosse.

E, nos próximos dias, nos encontramos mais vezes no elevador. Conversávamos cada vez mais e eu já estava me acostumando a ouvir novamente a minha própria voz... e a dela. Um dia, novamente num ímpeto quase heroico, pedi o telefone dela.

No início, eu tinha voltado ao silêncio, mas depois a vontade de ouvir a voz dela foi maior que a minha própria timidez. Quando era possível, ligava para ela e ficava um bom tempo jogando conversa fora, sem hora marcada, procedimento ou mesmo uma lista. Eu estava quebrando, em plena quarentena e sem medo algum, minha própria quarentena de anos.

Nossa vontade de nos falarmos e de nos vermos aumentava cada vez mais. Em pouco tempo, estávamos indo juntos ao mercado. Os dois de máscara, álcool em gel no bolso, luvas e num certo distanciamento (um pouco menor que o social), mas juntos e ainda falando. Nossa conversa era solta, cheia de vida. Quem estivesse perto parecia não entender como duas pessoas poderiam, em meio a uma crise mundial de saúde, estar felizes e falando pelos cotovelos. Eu já nem lembrava mais de ficar na janela, tinha boicotado minhas próprias listas e falava mais do que havia falado nos últimos três anos. Às vezes nos sentávamos no pátio do prédio e batíamos um bom papo. Sempre protegidos.

Foi numa tarde dessas que ela me disse:

— Sabe que hoje faz quinze dias que nos falamos pela primeira vez?

— É mesmo? O tempo está voando....

Ela falou isso segurando firme na minha mão. Foi nosso primeiro contato físico. Continuou se aconchegando, achei estranho, mas ela firmou a outra mão na minha testa. Fiquei sem reação e logo em seguida ela se aproximou mais ainda retirando a sua máscara. Um belo sorriso contagiante foi exposto à minha visão. Um frisson seguido por uma corrente elétrica de 380v percorreu minha medula e, quando dei por mim, estava também sem máscara. De olhos fechados, demos um longo beijo. Foi fantástico. Sentir seus lábios colados aos meus me fez apreciar um momento enzimático, o sistema "chave-fechadura" perfeito.

Eu não tinha somente rompido com minha quarenta. Finalizei a nossa quarentena.

Senti naqueles intermináveis minutos que havia começado algo delicioso.

O rabugento

Frederico Morettini era um advogado que adorava casos de família. Tinha ele mesmo uma família para lá de exótica que lhe servia apropriadamente de laboratório. Adorava combinar as gravatas de seda com as cores dos ternos. Usava blusas com abotoaduras. Morava quase sozinho com seu fiel companheiro: um gato da raça brasileira. — Ele é um minitigre! — como costumava dizer.

Esse animal era herança de um relacionamento fracassado com uma bailarina que o havia trocado por um clarinetista espanhol da trupe. Seu coração ainda pertencia àquela mulher esguia e elegante, porém ela soube magistralmente transformar sua fibra cardíaca numa colcha velha de retalhos. Não entendia como um amor tão bonito como o deles pôde ser trocado por um punhado de notas numa pauta. "Provavelmente foi aquele sotaque fajuto que estragou tudo." Esse pensamento ia e vinha, tais quais os dedos hábeis num instrumento de sopro. O jovem advogado demorou a perceber que sua amada dançarina clássica foi-se embora exatamente no mesmo mês em que o felino apareceu. — Meu amor, olha o que achamos hoje saindo do ensaio: eu e Juan caminhávamos para a estação quando ouvimos este pedido de socorro em forma de miado. Foi assim que tudo começou, ou ainda, como preferir o amigo leitor, terminou.

Estranhamente, o felino companheiro iniciou sua sinfonia desconcertante na mesma noite em que a bailarina foi embora. Havia apenas um bilhete manuscrito na mesa. Nem uma carta era. Explicava tudo em aproximadamente 25 linhas, fazendo um resumo simples dos motivos, falando de Juan e desejando boa sorte ao agora ex-namorado. A cada linha lida pelo jovem, já solteiro e infeliz, o gato se manifestava. Já tinha começado a miar quando ele entrou no apartamento. Incrivelmente premeditado, o pequeno animal parecia querer narrar ou ainda alertar que já sabia (corporativismo testosterônico). Depois do decreto lido, quando a carta foi amassada e virou uma bola para o gato brincar, lançada com toda força contra a parede, o felino não moveu um músculo sequer. Ignorou completamente o brinquedo de papel. Os bigodes nem mexiam. Aproximou-se das pernas de Morettini, enroscou-se e... miou. Miou alto, num lamento de que dava dó. Um discurso de companheiros de amanhecer de sol num café da manhã numa BR distante qualquer. Desde a separação, o felino passou a ser sua única companhia e ouvidos. Um toma lá e dá cá cardíaco.

Era preciso apenas girar a maçaneta e, após o ranger da porta, o pequeno amigo já o recebia com um miado comprido e fino. Era um som de reclamação! Ele não entendia o motivo exato, mas parecia um ritual. Frederico chegava e ouvia repetidas vezes o miado, cobrando informações e indagando sobre o dia. Como se fosse preciso dizer o que realmente havia feito, passo a passo. E o gato não se movia do sofá, apenas levantava a pequena cabeça, encarava-o apertando a íris e... miava. O som rompia a consciência de modo que o rapaz precisava largar a pasta no chão e ir ter com ele um minuto de papo e explicações.

O apartamento onde moravam era no centro da cidade, perto do metrô. O som da composição fazia ressonância com o miado forte que parava ao fim da passagem. O jovem apenas franzia a testa como se estivesse entendendo e logo em seguida ia para o banho quente. O banho reconfortante onde relembrava do que precisava fazer no dia seguinte, dos prazos e telefonemas. Era seu momento de agenda e de total reflexão.

O ser humano gosta de pensar perdidamente sobre o que fez ou ainda a respeito do que fará, talvez o caro leitor faça isso também. Mas Frederico não conseguia tomar um banho sempre tranquilo, pois, se a porta do banheiro estava fechada, o gato ficava arranhando-a e cutucando a peça de madeira. Depois de aberta, ele o recebia com um longo miado de reclamação. Caso a porta estivesse aberta, o felino ficava na beira do boxe, tentando com a pequena pata mover a prancha de vidro, para depois miar. Não miava de reclamação, mas parecia querer conversar, perguntar novamente sobre o dia. Fazia companhia ao amigo durante o banho. Frederico achava isso desconcertante, mas se dava por vencido. "Prefiro que você fale miando comigo do que destrua a tinta da porta!"

Sempre após o banho, ainda com roupão, gostava de fumar um charuto e ouvir uma boa música. Quase no fim das últimas baforadas, tão certo como pôr do sol, seu gato miava. Cobrava sua presença na sala como se eles fossem jantar juntos. Era preciso colocar ou completar a comida do animal. Mas o gato nunca comia, apenas lembrava o cuidador de que era preciso comer. Miava e cobrava, tanto cobrava que miava.

Frederico quase sempre reclamava, abaixava o som e ia de roupão mesmo à sala. Ao passar pelo sofá, outro miado. Menos agudo, mas continuava sendo um miado. Um som contínuo de onda com amplitude desconfortante. A bailarina havia dito, logo que ele chegou, que todo felino é silencioso, mas esse parecia um cão encarnado. — Um cãolino, pode ser também um gatochorro. O advogado adorava criar denominações para seu fiel felino quando se sentia cobrado... miado.

Não sei se o leitor tem intimidade com animais ou ainda se gosta deles. Porém dizem as más línguas que o felino é um animal que gosta de isolamento e que o cão é o melhor amigo do homem. Todavia, nosso amigo advogado não acreditava mais nessa máxima popular. — Ainda vou levar este animal para um estudo "freudiano", ele é digno de uma dissertação de mestrado. Antes Freud que Poe, pena eu não ter uma parede livre e este gato não ser preto! — costumava dizer isso aos poucos amigos mais próximos quando um deles defendia o animal. O gato, por sua vez, ouvia isso, fitava-o fixamente e apenas respondia com um olhar e um miado.

Ao menos as refeições eram em boa companhia. Ele se sentava à mesa e preparava o que a geladeira lhe oferecesse de melhor. O rapaz era bom de improviso, gostava da argumentação gastronômica, porém não tinha ultimamente incentivo para arriscar os traços de sal. Fazia as refeições sem o velho ânimo e entusiasmo de sempre. O gato não comia, apenas miava. Gostava mesmo era de ração, preparada, fria e embalada.

Seu companheiro de mesa ficava observando. Passava entre suas pernas e empurrava com o focinho molhado (sempre bebia água antes) a batata da perna. Fazia um leve rosnar, quase um preâmbulo, para o que na verdade completava: um miado. Miava reclamando da demora em jantar, um som que remetia a uma missa em latim; longa, distante e sem ninguém entender.

Como todo procedimento quase cirúrgico, havia um rito. Depois do jantar, já lavava logo a louça. — Meu filho, louça acumulada atrai espíritos que ainda pensam que estão vivos! Não acreditava muito nisso, mas tinha fé que fala de mãe deve ser respeitada para não virar praga. Obedecia fielmente. Era bom, pois, após isso, aproveitava para tomar seus remédios de pressão. Completava a liturgia. A companhia do gato fiscalizava tudo... Quando ele demorava a lavar a louça ou quando esquecia do remédio, seu amigo reclamava, miava. Miava tanto que reclamava, reclamava tanto que miava.

O gato acompanhava. Encarando do sofá e marcando passo a passo o que Frederico fazia. Pacientemente observava e no fim do último gole.... miava. Cobrava e fazia dois ou três miados longos, se tivesse um curto poderia se dizer que era quase um Morse. Um pedido de socorro, às vezes. Reclamava. Reclamava e miava, miava e reclamava.

O rapaz tinha que trocar a água. — Gato gosta de água fresca! — a dançarina sempre dizia isso. E o animal miava tão amavelmente irritante que ele ia logo trocar a água. Limpava a caixa de areia e conferia a ração. O tutor o fazia dizendo mil palavras, todas no mesmo tom, sem gritar, mas se referindo ao serviço e ao amigo como se não fosse dele a obrigação. — Por que você não chama o Juan para trocar sua água, afinal foi para ele que você pediu socorro, não foi mesmo? — o jovem reclamava e falava. Falava e reclamava.

Todavia, o gato apenas miava.

Era preciso sentar-se no sofá. Pés no descanso da Herman Miller para o animal caminhar em sua direção. Trocar um olhar de confirmação.

Chegava e empurrava o braço do tutor com o focinho. Deitava-se com a cabeça na coxa dele. Miava e ligava o pequeno motor. Era seu charuto.

Frederico Morettini quase sempre se lembrava do dia da despedida de sua amada bailarina. Lembrava-se das malditas linhas e refletia sem concluir absolutamente nada de novo. "Se ao menos eu tivesse guardado o bilhete, poderia reler e entender melhor." Ele não conseguia conceber como ela o havia trocado por um mero clarinetista. "O que ele tem que eu não tenho? Esse cara vive de beiço inchado!" Recordava-se das brigas com a bailarina e de todas as perguntas que ele fazia quando ela chegava exausta do ensaio. Das vezes que ele se sentou na tampa do vaso do banheiro, enquanto ela tomava banho. Frederico puxava assunto à medida que ela ficava imóvel debaixo da ducha quente. Costumava esperar para jantar com ela e, quando a moça demorava, tinha um jantar frio e morto de fome. Hormônios e saliva se misturavam numa digestão pesada e lenta. Fazia mentalmente um roteiro do que falar, quais perguntas fazer e que respostas dar. Sempre queria ver com ela um filme no sofá, mas ela nem sempre concordava, quase nunca... Na verdade sempre desistia. — Dia de semana fico exausta e meus pés doem feito aparelho ortodôntico. Mas ele respondia em desaprovação e tinha costume de permanecer falando até ela ir dormir e ele jamais se oferecia para fazer uma massagem nos pés. Ele puxava assunto e fazia uma prosa mais longa, porém ela não aceitava. Tinha dia que continuava em puro silêncio, somente ouvia. Ele parecia gostar daquela companhia preparada, fria e embalada.

Quase sempre antes dele levantar do sofá o gato miava. E como miava.

O jovem olhava para ele e concluía: "Seu rabugento".

Lady

Maria Regina é uma mulher bonita, bem-sucedida, pode-se dizer que é uma pessoa realizada em diversos aspectos. Frequentadora de academia em todas as disputadas disciplinas e exercícios. Sempre obteve também a unanimidade entre homens e até mesmo entre as mulheres. Gosta de perfumes marcantes, adocicados com um toque floral, capazes de deixar seu registro por onde anda. Sempre de maquiagem estrategicamente delineada, reforçando seus traços marcantes de olhos, boca e expressão facial, finalizando com o mesmo batom vermelho-sangue. Brincos de argola, grandes e largos, pulseiras, anéis e, de tempo em tempo, algum enfeite nos longos cabelos estrategicamente lisos ou um colar para esconder seu esguio pescoço.

Suas roupas sempre de marca, as melhores e as mais caras. Sapatos de salto agulha realçando ainda mais seus bem-distribuídos 1,70 metro de altura. Tal qual o ácido neutraliza a base, as combinações de roupas em todas as peças com bolsas e acessórios eram pensadas e estudadas. Tudo do melhor e do mais caro, sempre resultado de muito sucesso e esforço profissional.

Para alguns, Maria Regina é extravagante, para outros ela é exatamente como deve ser uma mulher de sucesso, atenta às tendências de moda, seja no país ou no exterior. Para ela mesma, é simplesmente o que poderia ser de melhor: feliz!

Mas não era para ser diferente disso. Resumidamente, ela era um ser humano marcante, uma profissional vencedora e muito bem remunerada, a soma de todo o esforço em noites solitárias de estudo. Desde cedo focada em aprender e vencer. Sua última conquista foi a formação num curso de língua inglesa, e uma viagem internacional é nada mais justo do que o reconhecimento da vitória.

New York, como Maria Regina gosta de dizer, a capital do mundo, da moda. A cidade que não dorme, e Meca de todas as marcas e tendências. Esse é, sem dúvida alguma, um prêmio como ela sempre mereceu. Por que não usufruir dessa conquista!?

Se deu esse presente, essa inesquecível viagem e ainda convidou uma amiga de infância, Kelly Cristina.

Sua fiel escudeira era uma seguidora das ideias e estilo de vida de sua musa inspiradora. Uma baixinha de olhos pretos grandes, com um cabelo encaracolado sempre muito cheiroso e solto ao vento. Sua boca carnuda era considerada por muitos amigos um objeto de conquista e sonhos, e dela às vezes podiam sair desde as mais doces até mesmo as mais ácidas palavras. Palavras, expressões técnicas ou os bons e velhos palavrões que aprendemos na infância desde cedo, mas somos sempre levados a esquecer por debaixo de nossos tapetes mentais.

Juntas, Maria Regina e Kelly Cristina iriam conquistar, comemorar e revirar Nova Iorque. Resta saber o que essa cidade poderá fazer com elas. Do pó ao pó... esse é o lema das amigas.

Como combinado, saíram juntas e de braços dados, com um largo e promissor sorriso, colocando as duas ao mesmo tempo os pés direitos no chão depois da porta de saída do Aeroporto Internacional. Um longo abraço de início de partida, quase uma reunião de cabeça como um time no vestiário, marcou o início da jornada. Pegaram um táxi amarelo direto ao hotel, escolhido estrategicamente no centro cultural e de compras da Capital Mundial.

O roteiro dos quatro dias úteis de viagem já estava estrategicamente definido com todas as possibilidades previstas. Pontos turísticos, restaurantes, museus, parques e, é claro, lojas já escolhidas, reservadas a dedo e ansiosamente esperadas. Esta não seria apenas uma viagem de duas grandes amigas. Pode-se afirmar, com certeza, que era a consolidação de um grande plano de consumo: cultural e material.

A chegada no hotel foi repleta de glamour e sorrisos. A edificação era antiga, porém reformada e de fachada limpa. Estilo anos 60, remontando a um tempo de glória da cidade norte-americana. Na sua entrada principal, havia um "porte-cochère", como todo hotel deve ter. Espaço generoso para carro chegar, abrigo confortável onde se podia deixar nobres hóspedes. Uma cobertura na qual se lia com grandiosidade o nome do hotel, localizado próximo ao mais famoso parque urbano do mundo.

O primeiro dia foi destinado a visitar pontos turísticos clássicos, como o imponente edifício Empire State Building e de lá ter uma das mais belas vistas da cidade. Visitar e ver de perto a ponte do Brooklyn, conhecer o museu de homenagem ao dia 11 de Setembro, todas visitas obrigatórias para serem motivos de conversas em futuros jantares ao retornarem ao Brasil. Muitas fotos, selfies e lembrancinhas ao fim do dia faziam das bolsas um reservatório de espólio bem sucedido.

O segundo dia foi destinado a parques e museus. Museu de História Natural, uma parada obrigatória. Kelly Cristina queria ver com seus próprios olhos onde havia sido filmado um de seus filmes favoritos. Os passeios para ver vitrines foram recompensados com um belo almoço seguido com um jantar ainda mais completo. À noite, foram a um musical da Broadway. Mesmo sem entenderem por completo as falas, já conheciam a história, uma vez que se tratava do desenho animado "A Bela e a Fera", visto por ambas repetidamente antes de partirem. Um sonho realizado, e motivo para horas de postagem na internet. A vida como ela deve ser vivida!

O terceiro dia era o mais aguardado de todos. Compras! A lista era longa e iniciava logo com maquiagem, passando por perfumes, vestuário e acessórios. Essa seria a oportunidade de renovar por completo, até onde o cartão de crédito permitisse, o armário de ambas as amigas. O verdadeiro "4 de julho" delas, o mais completo "7 de setembro" de tendências.

Maria Regina era sorriso de orelha a orelha. Testava seu inglês com todos que passavam e sua lista de itens era tão completa quanto seu crescente desejo de voltar o mais rápido possível para casa e assim poder desfilar pelas noites de balada. O sucesso seria garantido e, em sua mente, já havia até mesmo sido definidos os diálogos e reações para cada pergunta, para cada elogio, desde o mais opaco e falso até o mais entusiasmado e verdadeiro. Cada item adquirido era transformado num conselho de combinação e vestimenta para a amiga, que prontamente guardava a preciosa informação como uma norma de boa conduta.

Kelly Cristina era mais objetiva. Ela não estava com um cartão de crédito tão generoso assim. Tinha claramente definido o que queria e já sabia de antemão para quem desejava mostrar seus novos bens internacionais. Ela era pura felicidade controlada pelo acirrado câmbio, porém essa característica não tolhia dela o seu desejo de também proclamar, mesmo que de forma mirrada, sua independência, além de se afirmar como uma influente mulher no bairro local.

Ambas voltaram com as mãos cheias, pareciam centopeias... tamanha era a quantidade de sapatos. Ficou decidido que, no próximo e derradeiro período, todas as pendências de compras seriam sanadas. E assim foi feito. Longo dia!

Quase no entardecer, retornaram à sede, quero dizer, ao hotel. Novamente repletas de compras, sacolas e felicidade, vazias no bolso e nem lembrando do câmbio. Entraram pela porta principal e deixaram já o rapaz da portaria, aquele com sotaque hispânico, levar para seus quartos o recente inventário adquirido. Tomaram o último drink no restaurante e foram, felizes, caminhando para o elevador.

Maria Regina vestia uma saia vermelha e uma blusa branca com decote ousado que destacava seu farto busto. Cabelos negros soltos e um batom vermelho que fazia o contraste com sua pele. Sapatos baixos, tipo tênis, pretos com tiras brancas, confortáveis e na moda. Na cabeça, fazendo as vezes de um arco, um par de óculos de sol de uma marca mundialmente conhecida.

Kelly Cristina, menos ousada, vestia uma calça amarela de tecido com uma blusa cinza-claro, mais recatada, porém, com uma larga abertura nas costas, mostrando sua tatuagem com tema tropical. No pulso esquerdo, um relógio imponente que brilhava de tão novo!

Ambas perfumadas e com largos sorrisos nos lábios e os olhos brilhando como uma criança em noite de Natal. Chegaram perto do elevador, já de porta aberta, e entraram felizes, sorrindo uma para a outra. Subiram em direção ao sexto andar, a derradeira suíte delas!

Logo no terceiro andar, o elevador parou e fez-se ouvir o sino de parada, que num estilo antigo seguia-se pelo abrir da porta. Mesmo antes da abertura total, foi possível ouvir um sonoro e grave "Hello!" seguido de passos largos e apressados.

Elas não podiam acreditar no que viam.

Um homem alto, forte, moreno, com roupa escura e vestindo um capuz alto que escondia o rosto. Segurando em sua mão esquerda a guia curta de um cão que não se via.

As duas já ficaram paralisadas e lentamente viraram o rosto uma para a outra, fechando o sorriso e mordiscando os lábios. Kelly Cristina sentiu seu joelho direito dobrar e suas mãos suaram. Maria Regina deixou os ombros caírem, como que em sinal de derrota, e iniciou a piscar rapidamente um dos olhos.

Aquele homem se aproximou com passos decididos e, ao entrar no elevador, sem olhar diretamente para cada uma delas, pronunciou uma trovoada sem eco, dentro da cabine.

— Get down, lady!

A reação foi imediata. Os corações cariocas de ambas alcançaram batidas conhecidas em momentos regionais e tanto uma como a outra já sabiam o que exatamente deveriam fazer. Maria Regina ainda pôde esboçar uma reação, mesmo que melindrada com a situação inusitada.

— Oh, my God!

Ambas tiraram do bolso as amassadas notas de dólar que ainda tinham e jogaram no chão. Maria Regina deixou os óculos e foi rapidamente largando um ou dois anéis. Lembrou-se do celular no bolso, mas fingiu que não estava lá. Abriu uma sacola e jogou todo seu conteúdo de maquiagens no chão, próximo à porta. Kelly Cristina retirou o relógio e deixou cair ali mesmo, perto de seu pé. Com a mão direita, arrancou uma correntinha do pescoço que havia ganhado de seu último namorado e que o pobre ainda pagava a penúltima prestação na joalheria do shopping. Nessa hora mostrou o celular ao homem, esboçou uma cara de indignação e simplesmente o largou.

As duas disputaram a saída do elevador e se puseram a correr... Corriam o máximo que podiam, em silêncio e sem saber o que exatamente fazer. Foram direto à porta de incêndio e iniciaram uma louca e disparada corrida de ascensão até os próximos andares, onde deveriam ter chegado sãs e salvas. Quando finalmente chegaram, após a maratona em círculos ascensionais, respiraram e saíram juntas da porta.

Ao avistarem a porta do quarto, aceleraram seus passos ainda mais. As paredes do corredor pareciam se fechar e claustrofobicamente as duas desejavam chegar o quanto antes a seu destino. Ao longo do caminho, Maria Regina já segurou a chave e abrir a porta foi uma questão de segundos. Quando entraram, as amigas sentaram-se na cama, viraram o rosto uma para a outra e disseram ao mesmo tempo:

— Puta que pariu! Fomos assaltadas em plena luz do dia! Que merda!

Kelly Cristina se levantou e começou a andar de um lado para o outro no quarto, querendo roer as unhas, mas lembrando a todo instante do valor que havia sido pago no salão do hotel.

— E agora, Mary, o que vamos fazer!?

Maria Regina simplesmente não disse nada. Levantou-se, abriu o frigobar, pegou uma garrafinha de Jonny Walker, abriu e tomou toda, num único e definitivo gole, como que matando a sede após uma longa caminhada no calçadão.

— Amiga... calma, que merda! Preciso pensar em inglês... para saber como dizer isso ao telefone. Que azar da porra, logo no último dia! Que merda!

Kelly fez um sinal à amiga, como se também quisesse dividir do gole, mas a essa altura do campeonato era tarde. A minidose estava vazia. Tão vazia quanto sua felicidade e ela não parava de lembrar-se das coisas que havia largado no elevador.

— Mary, meu celular... deixei com ele. Como vou avisar meus pais? Ainda nem terminei de pagar o aparelho, foi uma promoção, mas tô sem grana, né! Ai!!! ...adorei aquele relógio, foi caro pacas! Puta que pariu!

— Amiga, seu celular não tem seguro? Eu fiz antes de viajar um seguro para o meu...

— Você até me disse, mas nunca imaginei que...

As duas trocaram um olhar de desalento. Sentaram-se no chão próximo ao frigobar, abriram cada uma mais uma minidose. Beberam, se abraçaram e começaram a chorar!

Lentamente as garrafas foram se esvaziando e rapidamente as duas adormeceram, ali mesmo, perto do frigobar, abraçadas e assaltadas.

Os primeiros raios de sol foram o despertador de ambas.

Kelly Cristina já não mais se importava em dizer o que realmente pensava e, ao ver sua amiga ainda sonolenta no chão, não pode dizer outra coisa.

— Acorda, assaltada! Vamos fazer nossas malas, fechar a porra dessa conta e sair dessa merda. Vamos ao aeroporto logo. Que puta dor de cabeça, ressaca da porra!

— Kelly, calma, você está tomada de um espírito não viajante. Imprevistos acontecem. Vamos tomar banho, fazer as malas e explicar tudo ao gerente. Seremos ressarcidas e acho que ainda vamos ganhar um troco.

— Mary, quem fala essa porra de inglês aqui é você. Vamos. Quero resolver isso logo.

O clima de velório foi tomando conta do quarto. Era como se um ex-namorado tivesse se casado com uma prima ou a sua melhor amiga. No fim tinha dado tudo errado. Resignação, essa era a palavra que resumia bem o clima entre as amigas. De repente, Kelly comentou, sozinha, mas em som alto.

— Agora nunca vou saber a resposta dele... não tinha internet o dia todo naquele dia...

As duas se abraçaram e começaram a rir.

Descer com as malas foi uma longa procissão. Finalmente tudo estava pronto. Maria Regina tomou seu lugar frente ao balcão, respirou fundo, olhou para o rapaz, que retribuiu com um belo e fatigado sorriso. Ela olhou para o alto em sinal de prece e iniciou seu júri.

— Hello, é... Mister. Estava ainda confusa e com raiva. My room, close. Assalt!

O rapaz fez um olhar de quem não entendeu muita coisa e respondeu.

— Hello. Good morning, sorry but... what?

Kelly Cristina se aproximou como se fosse responder, mas abriu uma balinha de menta retirada do pote em cima do balcão e a pôs na boca. Maria Regina, sem paciência, repetiu:

— Hello, é... Mister. My room, close. Assalt! Assalt! Close the room, please! Ela disse desta vez com um olhar fulminante e já o dedo em riste, deixando a chave no balcão e apontando para o número do quarto.

Foi o suficiente para o rapaz responder com um olhar assustado e dizer:

— Close!?

As amigas sorriram, deram uma longa gargalhada e responderam:

— YES!!!!!!!!!!!!!!!!!!!!!!!!!!!!!!

O jovem iniciou uma busca no computador por informações do quarto seguindo os procedimentos de faturamento. Esboçou um olhar de confirmação, virou a tela do computador em direção a Maria Regina e apontou com o dedo para uma palavra próximo ao número do quarto delas, onde podia ser lido em negrito: *Bill Paid*.

Maria Regina buscou seu conhecimento de língua inglesa e leu mentalmente, já traduzindo para si mesma: **conta paga!**

Nesse momento o rapaz fez um sinal com a palma da mão, comunicando e solicitando que ambas esperassem por algo.

Passados longos cinco "nova-iorquinos" minutos, com fuso horário e tudo que tinha direito, o rapaz voltou, cantarolando algo e segurando na mão uma sacola de papel, com a logomarca do hotel impressa. Colocou no balcão e olhou para Maria Regina.

— Please!

Ela, sem entender direito do que se tratava, retribuiu o olhar de forma acanhada. Kelly Cristina cutucou a amiga na cintura como que dizendo para prosseguir e ver o conteúdo da sacola.

Maria Regina jogou a bolsa para suas costas deixando a alça passar pelo peito. Segurou com as duas mãos a sacola, já a entreabrindo. Levantou o olhar ao céu e resolveu de supetão ver o que havia dentro.

Bingo!

Ao examinar, Maria Cristina não pôde esconder sua cara de surpresa, levantou os ombros, direcionou sua visão para sua fiel amiga.

— Kelly!

As duas, imóveis, não podiam crer no que viam. Dentro da sacola, estavam todos seus pertences. Celular, óculos, anéis, dinheiro... tudo mesmo! As duas se abraçaram e começaram a sorrir.

Assistindo a tudo isso, o jovem rapaz soltou do lado da sacola um papel, como se fosse um bilhete manuscrito, e entregou a Maria Regina, que ele julgou ser, entre as duas, a pessoa correta e que entenderia na língua inglesa.

Sem entender do que se tratava, ela abriu o bilhete onde se lia em letra cursiva:

"Thank you for the best laughs of my life. Unforgettable.
Lady is the name of my dog.
Kisses
Lionel Richie"

À sombra do ipê-amarelo

Ninguém.

Ninguém vai poder me dizer.

Ninguém vai poder me dizer nada. Tenho certeza absoluta de que ainda vou ouvir milhões de explicações e opiniões, mas definitivamente esta foi uma decisão que já tinha tomado e estava satisfeito com ela.

Ninguém.

Hoje será o dia de sol perfeito para comemorar. Tenho um hobby que virou profissão. Resolvi abandonar a carreira de magistrado, pedi afastamento, demissão. Vou me dedicar a meu restaurante e finalizar meu curso de chef. Todas as minhas referências de cozinha são deliciosas experiências em família, da minha querida Nona. Não poderia deixar de compartilhar deliciosas receitas com aqueles que amam bons momentos à mesa. Escrevi um livro, poucos dos que me julgam sabem disso, mas este apanhado de apetitosas boas receitas de família já me rendeu algumas boas centenas de milhares de garoupas. Isso foi a gota d'água para seguir meus instintos.

Este domingo de sol será o meu primeiro livre. Sem as amarras do concurso público, afastado da linha tênue do carimbo, do retrocesso e das tentativas de corrupção. Saí de bicicleta para aproveitar o dia, numa avenida fechada para exercícios, e percorri da Asa Norte à Asa Sul. Pedalei horas a fio, enquanto ouvia minha seleção preferida de músicas — bom e velho blues —, que marcou o ritmo libertário das minhas pedaladas. De tempo em tempo, fiscalizei o celular, esperando receber uma mensagem de censura e, por que não, de apoio.

Como todo dia de sol, mereci, ao final, uma sombra ao lado de um belo ipê amarelo. Encostei minha bicicleta no robusto tronco e fui curtir minha água de coco, acompanhado de minha recém-conquistada soberania.

Sentado na grama, desfrutando dos meus pensamentos, observei perto de mim um caminho. Uma picada de formigas, uma após a outra, caminhando magistralmente em linha. Fiquei curioso com esse movimento uníssono em moto perpétuo. Me afastei um pouco e resolvi seguir o caminho até onde os olhos alcançavam. Elas iam para algum lugar... decerto o formigueiro, voltando para sua comunidade. Meu celular vibrou e vi que eram já duas mensagens de uma tia-avó minha, madrinha, que provavelmente já sabia do acontecido. Ignorei. Estava em pleno estudo entomológico.

A curiosidade tomou conta de mim. Levantei-me e vi que seguiam mesmo para um buraco no solo. A entrada do formigueiro. Lá elas são as donas, não me atrevi a furar mais a abertura, tampouco a bisbilhotar no reino delas. Se fosse ao menos convidado! Mas de onde elas vinham? Toda chegada tem uma partida. Caminhando ao largo da rota, fui buscando a nascente desse fluxo proteico de insetos.

Foi uma visão incrível. Algumas eram atropeladas pelas outras que seguiam o caminho sem parar para ver o que estava ao seu lado ou ainda observar o que poderia ter acontecido. Passavam umas sobre as outras. Caminhando sobre as cabeças, contornando e seguindo o fluxo. Estavam em marcha. Havia ainda outras que transitavam no caminho oposto, abrindo espaço. Um bocado delas, na verdade. Traziam no lombo folhas, galhos pequenos e coisas que não soube ver o que eram. Dezenas e mais dezenas delas. Umas tantas de lado, paradas, estáticas. Pareciam olhar para fora do caminho, ignorando o fluxo contínuo. Talvez atraídas pelo lado de fora do risco, desejando estarem fora da via expressa, excluídas do ritmo. Recolhi a cabeça para observar melhor. O conjunto todo pulsava e de longe não se via de forma alguma a distinção do que cada uma fazia.

Apenas o contínuo, o bando unido em linha, o fluxo. Gostaria de poder ouvir o som delas, saber se a correnteza tinha ruído. Que som teria? O burburinho da vida de inseto, o som da vida.

O aparelho celular vibrou novamente. Ignorei.

Passo a passo, segui minha rota. A linha traçada na grama, aberta com labuta e disciplina. Vi que, em um certo momento, existia uma bifurcação. Elas vinham de dois lugares distintos? Seriam dois formigueiros, será que presenciava uma reunião? Uma convenção "formigal". Interessante. A tentação somou-se à curiosidade, não resisti e realizei um pequeno experimento.

Cuidadosamente retirei, com ajuda de uma folha, uma formiga de seu caminho e coloquei no outro. Ela continuou a caminhar, depois parou. Ficou meio perdida? "E agora, minha amiga, que fazer? Para onde ir?" (Estava realmente falando com uma formiga?). O inseto permaneceu estacionado. Começou a ser atropelado pelas novas companheiras de jornada. Minha formiga lutou contra isso, ficou de lado e levantou as patinhas apoiando-as no que parecia ser o tronco de uma que vinha no fluxo oposto. Mas cedeu. Rolou. Tombou. Permaneceu um instante com todas as patas para cima e o dorso no solo. Agitou-se desesperadamente (estava torcendo por ela e poderia ajudar), mas rapidamente ajustou-se no caminho e foi andando no novo rio até voltar à bifurcação. Parou, pegou um ramo de vegetal e, de lá, seguiu seu caminho. Continuou no fluxo.

Recebi uma mensagem da minha irmã. Dando bom dia e perguntando como eu estava. Mandei uma carinha feliz e outra com beijos. Ela fez o mesmo. Eu não disse mais nada.

Como essas formigas andam tanto? Que disposição! Observando o todo do caminho, elas já tinham atravessado alguns quilômetros no mundo das formigas. Já teriam visto outras como elas no caminho? Há algum formigueiro por perto? Será que estão em guerra? Uma travessia e tanto. Resolutas, firmes no caminho. Mas de onde vinham? Tomei um caminho da bifurcação e segui. Quanta coragem — era meu único pensamento.

Vi um amontoado de formigas. Estavam todas em cima de uma pequena ave abatida. Um pardal, jovem, sem pena. Os olhos fechados, sem vida, uma pele clara e transparente. Era um corpo frágil, delicado.

Provavelmente caído do ninho, lançado? Minhas parceiras de fluxo estavam freneticamente consumindo a vida que ainda restava naquela oportunidade. Um garimpo biológico montado bem à minha frente, a quilômetros de distância do formigueiro. Atravessaram o mundo na busca de comida. Algumas já partiam, outras chegavam. Fluxo contínuo e moto perpétuo. Lavoisier estava sentado quieto ao meu lado, observando tudo, calado.

Peguei uma folha seca, rígida e fiz uma barreira próximo ao pássaro. Outro experimento.

O exército ficou desorientado. O fluxo secou. Os insetos começaram a se amontoar uns sobre os outros. Pareciam desesperados, buscando um lugar na Arca. Pisoteavam umas às outras, nem pareciam da mesma correnteza interrompida. Nesse momento, o sentimento do formigueiro ficou abandonado e largado, como uma bandeira velha ao fim da revolução. Sem cores, mas com marcas. De repente, uma ou duas conseguiram escalar essa montanha delas mesmas e passaram sobre a folha. O Fluxo foi sendo reestabelecido lentamente, desconfiado. Ao passo que umas outras tantas descobriram que simplesmente poderiam passar ao lado da folha. A descoberta de uma saída mais rápida e fácil. Permaneci com a folha, parada, fazendo dela uma barreira. Porém, o novo rio aumentou a espessura do caminho e minha barreira já não fazia sentido algum. Abandonei meu experimento.

O telefone começou a tocar, no modo silencioso que estava, pulava insistentemente no meu bolso. Era minha irmã. Chamada de vídeo. Recusei, quase mandei uma mensagem automática, mas resolvi escrever um "já retorno". Estava no meio de uma expedição.

Consegui retirar duas formigas do caminho, que subiram na minha mão. Tirei meu boné e as coloquei na aba. Já de pé, fiquei observando-as. Aquilo, sim, era um continente, uma ilha flutuante nas alturas da imensidão do universo. Elas exploravam um bom pedaço desse território. Imagina se fosse uma mesa!? "Vocês agora são as únicas aqui, podem fazer o que quiserem. Aproveitem." Caminhavam, voltavam e trombavam nelas mesmas. Cada uma foi para um lado, depois se reuniram. "Que tanto vocês falam aí, hein? Como vão chamar essa nova terra, será um formigueiro?" Ali, na aba do boné, elas reinavam, tinham todo aquele pedaço de tecido somente para si, e eu estava ali como um observador resoluto e implacável. Ditava as regras dessa exploração. As donas do pedaço não tinham a noção de quão finito era seu reino e eu me achava o velho eremita da vila.

Tombei levemente a aba do boné e ambas ficaram incrivelmente ativas. Fui virando ainda mais, até que a aba ficou em pé. Grudadas. Foram subindo pela aba como se nada tivesse acontecido. "Muito bem, formigas, vocês são mesmo espertas. São osso duro de roer!" Elas estavam realmente dedicadas a explorar toda a aba, todo o continente. Posicionei a aba na horizontal e fiquei observando, na altura dos meus olhos, as duas formigas irem de um lado para o outro. Chegaram perto da borda e caíram. Pularam em queda livre diretamente na grama e lá se perderam.

Telefone estava vibrando no bolso. De fato, eu não poderia quebrar esse momento de plenitude intelectual, de descobertas. Recusei a ligação, deixei tocar até desistirem. Nem vi quem era.

Meu estudo foi tão aprofundado que não tinha percebido que ali bem ao meu lado, no canteiro central, havia uma família. Possuíam um barraco feito de lona e restos de caixas de papelão. Próximo à lona, tijolos faziam as vezes de um fogão a lenha, onde era preparada uma refeição numa única panela. Um cão caramelo dormia e uma criança brincava com alguma coisa no chão.

Minha placa de Petri havia crescido.

A mãe andava de um lado para outro embalando uma segunda criança de colo. Pude ver que mais afastado tinha um homem sem camisa colhendo manga das árvores por perto. Concluí que este deveria ser o pai. Estavam num fluxo contínuo de realidade, cada um imerso no seu moto perpétuo de pensamento, presos e unidos no mesmo caminho. Faziam parte de um único fluxo de vida.

Fui caminhando na direção deles (lembrei-me de dar uma passada larga para não destruir o caminho das formigas) de modo instintivo. Nem sabia o que ia fazer lá. Coloquei a mão no bolso procurando alguma nota amassada de Real, mas não tinha nada! Somente meu celular que insistia em tocar e me desviar. Minha irmã me ligava duas ou três vezes seguidas. Eu ia atender, mas precisava antes fazer um contato que fosse com aquela família.

À SOMBRA DO IPÊ-AMARELO 41

Na avenida ao lado, pessoas passavam de bicicleta, caminhando, correndo, usando patins. Riam e conversavam entre si. Tinham um ritmo marcado, cadenciado. Desenvolviam um outro fluxo. Minha irmã mandou uma mensagem de texto, "Onde você está? Liga para mim quando puder, urgente". Ia começar a escrever minha resposta quando o cachorro da família latiu para mim, que nessa altura já estava perto do barraco. Fiz um sinal de boas-vindas e o pai percebendo isso veio na minha direção.

"Estou bem, já vou para casa e te ligo."

Ela me respondeu logo em seguida:

"Você não está sabendo de nada? Não viu as redes sociais?"

O pai estava cada vez mais perto, o cachorro latia mais alto. Desesperado. Olhei na direção dele, que continuava a ladrar mirando o alto das árvores.

"Não vi nada, estava pedalando. Estou de folga hoje, lembra?"

"Estou preocupada com você, vá rápido para casa e vamos todos nos encontrar lá."

O pai segurava o cão pela coleira e havia largado o saco com as mangas no chão. Ficou imóvel ao meu lado. Calado, olhando para o alto.

"Calma, vou daqui a pouco."

"Não! Pelo amor de Deus. Vá agora. Vou te ligar..."

"Espera aí... um minuto."

"Você não viu nada mesmo, né?"

"Não, o quê?"

"Olhe para cima!" Quando li isso, vi que o pai estava olhando para cima, a mãe e a criança também. Paralisados. Estranhamente as pessoas na avenida estavam paradas, olhando para cima. Pareciam estupefatas. Também desloquei meu olhar para o alto.

Atônito fiquei.

Havia uma grande sombra escura que crescia, tomava forma. Brilhos e luzes, tudo sem som. Parecia um continente, uma ilha flutuante nas alturas da imensidão do universo. A coisa estava distante, mas dava para ver que lentamente tomava um lugar no céu. Definitivamente se aproximava e modificava o horizonte. Uma caravela de metal ganhava espaço diante dos meus olhos. Uma estrutura magnífica se fazia presente, num metal escuro, gigantesca e com diversas saliências, volumes. Tinha uma forma de uma ferradura gigante, imponente e silenciosa.

As reações foram aos poucos se modificando. Alguns correram numa direção, outros em outra direção. Eu, o pai e muitos outros ficamos parados olhando tudo aquilo, vendo para fora da avenida e apenas escutando os gritos. Minha irmã ligou, mas verdadeiramente esse não era o momento de atender.

O pai ficou ao meu lado calado e sua esposa chegou com o bebê em um dos braços e lhe deu as mãos de modo carinhoso. Na outra mão, ele segurava o cão pela coleira. Parecia que o animal era capaz de ouvir alguma coisa. A criança ficou entre mim e o pai.

Meu celular tocou. Recusei. Dei o aparelho para o pai, sem falar uma palavra.

Eu era uma formiga.

Sobras de campanha

Eu estava atrasado e vinha acelerado para fazer minha autorização de entrada no edifício anexo da Câmara dos Deputados. Já tínhamos passado o carnaval e agora o ano estava começando. O corre-corre do dia a dia de assessor iria começar com toda fúria.

Não sou da capital federal, não me adaptei direito às distâncias e tampouco ao fato de aqui não poder contar com transporte público. O clima é seco, quase desértico, drena o ar e a alma. Eixo Rodoviário, ou Eixão como chamam por aqui, depois Esplanada dos Ministérios, um trajeto quase retilíneo e muito lento, chegando finalmente à Catedral, de onde já consegui avistar o Congresso. Tão perto aos olhos de todos, mas ainda tão distante nas ações para a maioria das pessoas. Me considero um indivíduo de sorte, afinal consegui desde muito cedo fazer da política uma rentável e promissora profissão. A melhor semente de trigo é aquela que silenciosamente consome o endosperma até conseguir sozinha fazer seu embrião romper a casca epidérmica. Minha carreira profissional tem sido exatamente assim e espero que, na minha aposentadoria, tenha já colhido os louros hoje plantados.

Falando de política presa no triângulo dos poderes, devo confessar que, quanto a isso, me adaptei facilmente. Nada é o que parece ser e ninguém diz realmente o que quer dizer. Tapas nas costas, risadas, cafezinhos e um belo sorriso. Sempre existe alguém construindo dificuldade para vender facilidade. Às vezes, desempenhando minha função de assessor, eu construo dificuldades, outras vezes eu as compro. E assim fazemos nossa política. Todos sabem do jogo, mas ninguém comenta. As regras podem ainda ser definidas a cada nova partida ou ainda com a mudança de jogadores. É como se fosse falar daquela velha tia que brigou com a família na noite de Natal. Mesmo assim, ao fim da noite ou no amanhecer do dia, todos ganham pelo menos um presentinho. O bom velhinho sempre aparece e não se esquece de ninguém.

O deputado que assessoro foi um dos mais bem votados no nosso estado. Um homem de meia-idade, já com seu cabelo grisalho. Físico atlético transmitindo saúde plena. Sempre impecavelmente vestido, barba feita, pele lisa e perfumes marcantes. Um anel grande no dedo anelar com uma pedra escura onde se via uma imagem rabiscada que às vezes lembrava uma face, outras vezes apenas um rabisco abstrato. Um sorriso claro e largo que parece sempre dar boas-vindas. Nossos eleitores depositaram nele uma confiança que abriu desde cedo uma vantagem em relação aos concorrentes, sendo eleito sem restar sombra de dúvida. Com frequência assertiva, sabe as palavras corretas a serem ditas, está sempre repleto de seguidores político-filosóficos e consegue convencer as pessoas de tomarem a opinião dele como a final e verdadeira. Pode-se dizer que ele é um profissional de sucesso no que faz com reconhecimento popular e financeiro. Tenho muito o que aprender e estou ao seu lado faz alguns anos, o que me leva a crer que eu seja uma das pessoas de sua confiança. Acredito que posso me nomear como sendo seu braço direito, às vezes até mesmo o esquerdo.

Passei na revista de entrada e, arrumando minha gravata, fui caminhando em passos largos e firmes até o gabinete. Conferi rapidamente e vi que meus sapatos estavam lustrados e limpos. Provavelmente, a reunião teria já começado e minha ausência não teria como não ser notada. Nosso gabinete era um dos mais cobiçados: grande, com muitos funcionários pendurados, uma tevê boa e grande para passar o tempo e uma máquina de café italiano para, na hora do aperto de mãos, termos a certeza da nossa vitória. Sofá confortável e um bom ar-condicionado. Tudo que é preciso para poder ficar ali, parado, esperando o dinheiro gotejar.

Cheguei já cumprimentando todos no gabinete, peguei minha caneca de café, enchi e, com o ar cafeinado e bufando, tomei o meu lugar. Deputado me olhou, esperou eu me sentar e foi completando:

— Como estava dizendo, este ano é muito importante e temos que nos preparar para algumas mudanças que penso em fazer no nosso futuro, visando às próximas eleições. — Ele disse isso olhando pela janela de onde se via a cúpula do Congresso Nacional. — Quero ter a certeza de que posso contar com todos vocês.

Essa última parte me fez olhar para ele bem firme nos olhos. Ele tinha um tique de piscar rapidamente somente com seu olho esquerdo. Ao perceber que eu estava olhando, fitou meus olhos com tamanha intensidade que pude ver o dilatar de suas pupilas castanho-claras cor de mel. Não houve tique, nem resposta. Decidi que não desviaria o olhar, confirmando minha posição de estar sempre ao lado dele.

— Estou planejando uma pequena reunião para poder passar algumas metas de como vamos agir na campanha. Vou anunciar depois disso quais serão nossos passos para alcançarmos um futuro promissor.

No mesmo instante, uma rajada de vento forte entrou pela janela do gabinete, fazendo um zumbindo alto, num turbilhonamento que agitava as folhas nas árvores e os documentos na mesa de reunião. O vento pareceu dar voltas, derrubando um crucifixo pendurado na parede ao fundo e uma máscara que parecia ser de Veneza e que repousava na mesma face da parede. Era uma peça de três faces, branca, com detalhes em dourado já marcados pelo tempo. Uma das faces laterais esboça um cínico sorriso fino e a outra um par de lábios fechados que remetia a uma tristeza profunda. Ao centro, um vazio para a boca de quem usasse a máscara e os olhos profundos escuros uniam tudo numa única e sólida peça. As duas peças foram ao chão, porém a máscara caíra por cima do crucifixo escondendo a figura humana presa dolorosamente na cruz.

O deputado ficou imóvel e sua voz saiu estranhamente rouca, como se fosse de um fumante inveterado. O cheiro do carpete velho tomava conta do ar e o piso abafava o estalar das peças ao cair no chão. Uma cena em câmera lenta percorria meus olhos e pude ver o deputado piscar lentamente os olhos, como se estivesse tomando ar para o que ia falar em seguida. Fiquei imóvel sem saber ao certo o que eu deveria fazer ou falar.

— Já pedi algumas vezes à senhorita — olhou para a secretária mais nova do gabinete — que não deixe a janela aberta quando eu estiver por aqui, não disse?

Ela ficou rosadamente envergonhada e foi tomando a inciativa de pegar as peças no chão.

— Não quero que quebre minha arte! — emendou ele já num tom acima do normal, destacando ainda mais sua voz rouca até então desconhecida.

O deputado se apressou e pegou meticulosamente a máscara antes dela, passando a palma da mão direita na testa como se fizesse carinho. Olhou com um ar de preocupação, mas que foi lentamente substituído com um sorriso monocromático claro de ternura. Virou as costas, largando o crucifixo no chão e pendurando a máscara na parede. A secretária, ainda em movimento, se abaixou cuidadosamente, devido à saia longa escura que vestia, pegou o crucifixo do chão, constatando que um dos braços da imagem estava quebrado. Nesse ínterim, outro assessor já tinha tomado a iniciativa de fechar a janela.

Senti como se alguém estivesse me olhando e, sem saber como e nem o porquê, fiquei observando atentamente os olhos da máscara que pareciam me examinar. Uma sensação de líquido frio descendo pelas minhas costas ao longo do meu paletó tomou conta de mim. Os olhos pareciam me dizer alguma coisa e meu pensamento foi interrompido quando um pássaro iniciou a bicar fortemente o vidro da janela já fechada. A cada estocada, o pássaro ficava mais desesperado, como se tivesse que urgentemente conferir algo na sala. Batia as asas e entre um movimento e outro soltava um som que parecia um grunhido. Uma senhora assessora se assustou e deixou cair no chão uma xícara de porcelana de chá grande. O barulho desse evento fez uma estranha ressonância com as ousadas bicadas em fúria da ave. Arrumei-me na cadeira e fui logo tomando a palavra, querendo, com isso, quebrar o clima de silêncio sepulcral que fora instalado entre os participantes.

— Deputado! O senhor pode contar com nosso apoio e faremos das tripas coração para alcançarmos as nossas metas — eu disse isso com o olhar desviado da máscara, mas com a contínua sensação fria de que era observado. — Já tem uma data marcada para esse importante e decisivo encontro?

Ele estava sentado na ponta da mesa ajustando o prendedor de gravata. Sua gravata estampada florida de seda italiana combinava com seu terno slim Oxford vinho e o colete fazia o contraste perfeito com a camisa azul-marinho. Ele me olhou fixamente como se estivesse fazendo uma leitura das letras miúdas de um contrato de divórcio. Seu olhar era ao mesmo tempo profundo e seus olhos, de algum modo, tinham mudado o aspecto. Aparentemente, as cores eram outras, mais escuras e me lembravam o olhar da máscara na parede. Ele deve ter percebido que pensei algo, desviei o olhar, pois foi logo iniciando a falar com a mesma voz rouca.

— Tenho certeza de que você vai dar o melhor de si, meu nobre assessor. Conto com sua participação nessa reunião. Faremos eu e você. Gostaria que posteriormente você repassasse para toda a equipe. — Tomou um ar como se buscasse oxigênio no cume de uma montanha. Fechou os olhos apertando-os por alguns segundos. — Vou lhe enviar o endereço de onde será — disse já com a voz que estávamos acostumados a ouvir.

A voz do Deputado parecia ecoar como uma canção barroca numa igreja antiga. Os pássaros estavam agora no peitoril da janela, parados, imitando soldados que aguardam receber ordens. Tive a impressão de ouvir um sussurrar que me perturbava. Busquei a fonte desse incômodo som olhando de um lado a outro da sala. Ao passar os olhos na máscara, fui tomado por um sentimento de tristeza, um nó no peito. Afrouxei o nó da gravata e pude ouvir agora como se fossem aves voando longe. Tomei um gole do café, já não tão quente assim.

A reunião prosseguiu como deveria ser e pudemos definir alguns objetivos importantes. De tempos em tempos, eu passava os olhos naquela máscara para ter a certeza de que realmente era impressão minha que eu era observado, talvez até mesmo examinado. Ao término de nosso compromisso, quando todos já saíam da sala de reunião, o Deputado, com uma das mãos na cintura dentro do elegante terno, me segurou pelo braço como se quisesse me dizer algo em particular. Pude sentir seu perfume cítrico amadeirado, que tomou conta do ar ao meu redor.

— Acho que teremos um encontro proveitoso. Você me disse uma vez, naquele dia na reunião que fizemos no barco, durante a nossa partilha de dividendos monetários, que gostaria de poder seguir meus passos — disse apertando meu braço com dedos num movimento de pinça, olhando atentamente para mim como se quisesse ler meus batimentos cardíacos. — Você ainda pensa assim? Você quer minha ajuda? — Pigarreou.

— Claro, Deputado! — respondi direto, sem demonstrar que pensei em algo, similar a um reflexo patelar. — Como havia dito naquele dia e direi no dia de nossa reunião. Sim! Preciso de sua ajuda!

— Ótimo! — O som de sua voz foi duplicado e pude ouvir ao fundo a mesma voz rouca de antes. — Preciso então que nos faça um favor, digo, que me faça um favor. Pode ser? — Sua pergunta soou definitiva, como se eu não tivesse outra opção de resposta.

— Pode dizer. O que o senhor precisa? — Coloquei-me em posição ereta, ajeitando minha coluna para aliviar a lombar que já dava sinais de dor.

— Quero que selecione dois eleitores mais próximos, os quais você julga que podem nos ajudar para o que pretendemos fazer. Mas preciso que sejam jovens — o Deputado disse calmamente como água de uma lagoa parada à luz da lua. — Quero sangue novo e saudável para nossa campanha. Traga eles no seu carro. Posso contar com você?

— Perfeitamente, Deputado. Estaremos lá, no dia, local e horário que me passar.

Aquele homem parecia que já havia dito tudo o que eu precisava ouvir. Nem me respondeu em palavras e foi dando um tapinha nas minhas costas, na altura do ombro, como que dizendo que eu estava dispensado.

Saí do gabinete levando comigo seu perfume. Ao passar na porta, ainda olhei para a parede de modo a ter certeza de que a máscara não me seguia com o olhar. Seus olhos escuros, vazios, pareciam me perseguir. Minutos depois recebi pelo celular, de um número estranho, o localizador da reunião com horário e data. Demorei um pouco a reconhecer, mas vi que a imagem do perfil era a mesma imagem gravada no anel do Deputado. Segui meu caminho.

No dia marcado, fomos à reunião. Consegui recrutar dois eleitores que estavam bem animados com a possibilidade de se tornarem cabos eleitorais, conhecerem pessoalmente o Deputado e talvez iniciarem suas carreiras na profissão mais cobiçada deste país. Viemos conversando muito sobre futuro, desejos e confissões.

Era um fim de tarde com nuvens carregadas, que nos mostrava a lua crescente com um sorriso aberto, quase cínico. Um sorriso que já tinha visto antes. O localizador nos mandou para o setor de chácaras do Lago Sul, um bairro nobre da capital federal.

Chegamos no portão, que já estava aberto, e quando passamos ele iniciou um lento movimento de fechar. A casa era no fundo do terreno. Cercada de árvores grandes e baixas. Algumas retorcidas, típicas do cerrado. À direita do caminho de brita, não pude deixar de notar uma barriguda corpulenta, cheia de samambaias grandes, penduradas no seu tronco majestoso.

Durante nosso trajeto, o limpador de para-brisa disparou devido às gotas grandes que anunciavam uma chuva que se aproximava. Meus convidados ficaram em silêncio apreciando a casa ao fim do caminho, e eu, mesmo dirigindo, não conseguia parar de me questionar por que não conhecia este imóvel. Eu era tão próximo assim do Deputado como pensava?

Descemos do carro. Bati a porta e, quando acionei o alarme, ouvi latidos de um cão grande, pesado e feroz. Os latidos pareciam ficar cada vez mais altos e próximos. Demos um passo para trás, os barulhos de correntes batendo no concreto cru seguidos de um estridente choro demonstraram que, se esse cão vinha em nossa direção, agora ele havia encontrado o limite de sua fúria, transformando o latido em agonia. A chuva aumentava.

Olhamos uns para os outros, aliviados, e fiz um gesto com a mão convidando-os para caminhar em direção à porta principal da casa. A edificação era antiga, uma obra de concreto armado aparente. Traços retos com grandes vãos, uma estrutura típica da capital nos remetendo aos anos 60 e 70. O limo no concreto completava as peças, modificando as vigas e os pilares. O cheiro úmido de mofo tomava conta do ar e a casa se transformava em obra de arte.

Estávamos sendo esperados por um homem alto e magro. Sobrancelhas grossas e nariz carnudo com uma ponta redonda, demonstrando traços de origem curda. Trajava um paletó preto risca de giz fino, com sapatos bicolor preto e branco de bico fosco. Eu não o conhecia e, quando fui estendendo minha mão para cumprimentá-lo, ele se afastou.

— Os senhores estão sendo aguardados na grande sala; por favor, me acompanhem. — Sua voz saiu pausada, revelando um leve sotaque que não consegui identificar.

Saímos da chuva e fomos caminhando, seguindo nosso abre-alas. Meus convidados e eu admirávamos o corredor repleto de arte exótica. Estátuas com figuras humanas e objetos que não consegui classificar o que realmente representavam. As paredes eram de tijolos maciços marcados pelo tempo e o piso, ao andar, fazia um som seco como castanholas.

Chegamos numa porta de madeira maciça com uma maçaneta de cobre. Percebi que, na face externa da maçaneta, havia marcado o mesmo símbolo da pedra do anel do Deputado. Agora, estava mais seguro de que havíamos ido para o local correto. Não tinha conhecimento da casa, do abre-alas... era tudo muito novo e diferente para mim.

O homem abriu a porta e fez com seu braço direito um movimento mostrando o caminho. Esse deslocar do braço esticou a manga do paletó e pude ver na face superior de sua mão uma tatuagem desgastada pelo tempo. Era a face marcada no anel. Tomei a iniciativa de entrar e levei comigo meus companheiros de campanha. Nosso guia fechou a porta quando entramos. O som metálico e seco do trinco ecoou pela grande sala. A chuva já estava mais forte e o vento movimentava um galho de árvore contra o vidro, o qual me fez lembrar do pássaro bicando nossa janela na reunião no gabinete. Meu olfato foi despertado pelo perfume cítrico no ar.

Sentado numa poltrona de leitura, o Deputado estava impecavelmente vestido. Seu terno e colete plúmbeos combinavam com a gravata grená. Ele abriu um largo sorriso de boas-vindas.

— Sejam muito bem-vindos. Estou muito feliz com... opa, vocês devem ser nossos novos parceiros de trabalho. É uma honra para mim que vocês tenham aceitado nosso convite — ele disse isso apertando calorosamente as mãos, ao mesmo tempo, dos dois convidados.

Ambos responderam com elogios e palavras de otimismo e honra. A rasgação de seda foi mútua, mostrando o grau de pouca intimidade entre eles. Assisti a tudo com muito critério, ao pé do ouvido, tendo ali uma aula de quebra de barreiras. Passados alguns minutos, observei aquela cena de teatro romano, dando falta de pantomimas e público. Resolvi me manifestar:

— Deputado, estes senhores têm uma profunda admiração pelo seu trabalho e tenho convicção de que vão cooperar com o desenvolvimento da campanha. São jovens e cheios de ideias. — Era minha vez de sair da ribalta e entrar em cena.

— Nobre assessor, seja você também muito bem-vindo. Não tenho dúvidas quanto ao desejo de empenho destes cavalheiros e acredito muito no seu bom senso quanto à escolha. — Fez um aperto de mãos com ele mesmo, palma com palma, repousando as mãos no próprio queixo. — Por favor, senhores. — Educadamente nos ofereceu um lugar à mesa central.

Logo que nos sentamos, uma senhora bem cevada e baixa, com uma touca branca, entrou empurrando um carrinho antigo de chá. As rodas de metal faziam um arruído fino e chato que era completado com a barulho da chuva que estava mais forte. Ela foi servindo um por um, colocando um copo de vidro jateado verde e uma xícara de chá. No copo depositava água gelada e na xícara um chá claro de cheiro adocicado com um anis-estrelado boiando. Não ofereceu nem açúcar nem adoçante. Na verdade, ela fez esse ritual sem ao menos dizer uma palavra e seu olhar era distante e vazio, como se estivesse no automático, sonolenta. Percebi, quando ela passou por mim, que não possuía nenhuma tatuagem na mão. Estranhamente, ela colocou na ponta da mesa um conjunto a mais de bebida, mas não serviu nada. Resolvi silenciar, afinal eu também estava naquele lugar pela primeira vez. Ela foi se retirando lentamente, levando consigo o som das rodinhas rangendo, que sumiam como sol num entardecer de verão.

O Deputado tomou seu lugar. Sentou-se numa lateral, deixando a ponta da mesa vaga.

— Senhores! Vamos fazer um brinde ao nosso trabalho de parceria e almejo nosso sucesso por cada parte que façamos juntos. — Ele olhou fixamente para mim enquanto bebíamos e pude ver novamente sua retina cor de mel abrir e fechar. — Meu amigo, você tem sido leal a mim estes anos todos, nunca me questionou e sempre cumpriu seu dever com maestria. Tenho que reconhecer, na frente dos meus novos colegas, que tive muito sucesso e lucro tendo você como um escudeiro de confiança. Obrigado. — Todos bateram palmas, inclusive o Deputado. Fiquei sem reação, mas sabia que o silêncio tinha que ser quebrado por mim, minha voz era aguardada.

— Deputado, tem sido uma escola trabalhar com o senhor. Minha vida de aprendizado está apenas começando. — Bebi o último gole do meu chá. O sabor era diferente do cheiro e minha boca pareceu ficar dormente. Percebi que o Deputado não havia bebido, apenas brindado e colocado sua xícara na mesa.

— Temos aprendido um com o outro. Sei que nossos colegas presentes vão contribuir e aprender também...

— Deputado... minha boca... — interrompi as palavras do elegante senhor. — Minha boca está dormente. — Vi que os meus colegas estavam calados, mas passavam suas línguas na parte inferior dos lábios, dentro de suas bocas.

— O anis-estrelado faz isso, meus amigos. — Ele abriu essa resposta tão rápido que me soou como algo de caso pensado.

Mesmo mais lento, com a boca formigando, achei que deveria perguntar e matar minha curiosidade. — Estamos aguardando alguém, senhor, ou podemos começar nossa reunião? — falei isso e fiz questão de olhar para o lugar vago na ponta da mesa. Meus amigos estavam mais inertes, parados e suas cabeças faziam um leve rodopiar como se estivem curtindo uma substância alucinógena.

A chuva já estava mais forte. Alguns flashes de luz anunciavam trovões. Tínhamos uma tempestade chegando.

— Pensei que você não iria me perguntar. Temos um convidado, um amigo meu de muito tempo e que tem me ajudado muito. Aliás, ele também ajudou você e acho que agora está na hora de você conhecê-lo, já que vamos trabalhar ainda mais juntos nesta campanha. Ele também está louco para conhecer você e tem acompanhado de perto o seu trabalho. — No meio desse discurso, ele foi se levantando e caminhou para tomar o lugar vago da mesa.

Minha mente parecia turva, não compreendia nada, assim como também me sentia lento. A sensação era de não poder fazer movimentos bruscos. O Deputado estava sentado no lugar vago e me olhava com sorriso cínico e maroto.

— Não adianta resistir, meu amigo. Deixe o elixir tomar conta do seu corpo. Você precisa disso para encontrar com ele. Assim, você ficará mais calmo e poderá entender a beleza do que vamos discutir. — Coloquei meu corpo ereto e arregalei os olhos, tentando, com isso, escapar de apagar minha mente. Meus amigos ao meu lado estavam já absolutamente inertes, como se estivessem em transe num sono profundo. — Não se preocupe com nosso lastro. Eles estão bem. Já terão sua participação na noite especial de hoje.

A respiração do Deputado estava ofegante. Ele tirou o anel do dedo médio esquerdo, beijou-o e o colocou no dedo médio da outra mão. Virou a mão encostando a face de pedra do anel na testa e o escorregou até a altura do peito.

— Senhor!

— Shissssssssss! Silêncio! — Sua voz estava novamente rouca. — Ele está chegando.

Relâmpago e trovão.

Meu anfitrião se abaixou e pude ouvir um som de abertura de uma maleta executiva. Quando ele voltou, tive uma surpresa. Minha mente está me pregando uma peça? Demorei a crer no que via e minha inércia foi interrompida por uma voz muito mais rouca, forte e amplificada. Entrava em ressonância com os sons dos trovões do lado de fora da casa.

A tempestade anunciava a chegada de alguém.

— Finalmente vamos nos conhecer, meu filho. Você tem escutado meu chamado, mas não sabia como me responder. Hoje seremos oficialmente apresentados. Estou farto de me esconder atrás de minha máquina.

Era isso mesmo! O Deputado estava usando a máscara que eu havia visto. Era ele mesmo? Seu corpo parecia mais bruto, sua respiração mais profunda e um pouco mais barulhenta. Aquela máscara me assustava. Suas faces opostas inertes, com suas bocas pálidas, traziam ainda mais terror à minha mente. A boca do Deputado bufava e seus olhos, na face central, estavam profundamente negros e opacos. Uma sensação de líquido frio descendo pelas minhas costas tomou conta de mim. Reconheci aquele olhar na hora. Parecia colada ao seu rosto, não era uma peça, tinha se transformado num tecido, era parte dele, ou será que agora ele era parte dela? Percebi que aos poucos a máscara se moldava ao seu rosto e as faces opostas laterais se desfaziam num craquelê macabro; sumindo como se nunca houvessem existido. O anel tomou um brilho intenso, ofuscando minha visão e depois apagando como chama de vela no fim, desenhando na pedra a face central da máscara.

— Seus olhos são fracos e não capazes de absorver a energia tonificante!

Uma gargalhada longa tomou conta da grande sala, nunca mais na minha vida vou esquecer aquela risada.

— Você deve estar cheio de perguntas, não é mesmo, meu pupilo?

As palavras dele ficaram ecoando na minha cabeça. As pancadas de chuva intensas pareciam abafar o som para quem estivesse fora da sala. Meus correligionários permaneciam no mesmo estado inerte, num transe profundo. Por mais que eu tentasse me mexer, meu corpo estava lento... os membros inferiores e superiores pareciam não responder aos meus comandos. Era como se eu estivesse num coma acordado, ciente, porém sem poder me mover exatamente como queria... tudo era lento, demorado. Estranhamente, minha voz não estava assim, minha mente estava livre para pensar e falar, mover era uma prisão com limites.

— Tenho, é claro! Quem é você? Vejo o Deputado, mas não reconheço ele. — Minha voz saiu ainda meio tímida. Eu precisava saber logo o que estava acontecendo. Tentei não demonstrar ansiedade ou medo, na verdade me controlei. Tinha uma ideia do que poderia ser, mas não queria falar até ouvir eu mesmo. — O que você fez comigo? Quero que me liberte agora!

A criatura se levantou arrastando os pés de madeira da cadeira no chão. Um relâmpago brilhou na sala. Veio caminhando na minha direção com olhar fixo. Fiquei surpreso com o que vi... ao caminhar, vi que a face havia mudado e agora estava no rosto com a face de sorriso cínico. Aquele traço de sorriso nos lábios junto com o olhar profundo e negro me faziam pensar se minha vida estava correndo perigo. Lembrei-me de que, na minha carteira, havia um patuá pequeno guardado no porta moedas...

— Você não precisa mais disso, meu amigo. Não vai mesmo, pode deixar de pensar nele e deixá-lo guardado na sua carteira. Agora, para você, ele é nada mais que um objeto sem valor. Eu serei seu novo guia. — Já perto de mim disse isso com uma voz diferente, mais fina e me lembrando a voz de um palhaço macabro. Parou atrás da minha cadeira, senti o mesmo perfume de sempre, pousou a mão no meu ombro. Era uma mão fria. Seu bafo na minha orelha indicava que iria me dizer um segredo. — Tenho vários nomes e isso não é importante agora. Outros já me serviram antes e lhe digo que sempre procuro retribuir bem quem me serve. Sou apenas uma peça pequena, mas quem me serve me ajuda a permanecer no jogo. Preste muita atenção ao que vou dizer agora...

Tentei me mexer na cadeira. Mas o sem-nome conteve meus ombros com uma força que me fez parar imediatamente, com medo do que poderia acontecer. Olhei arregalado para meus convidados como se fosse possível pedir ajudar, mas eles permaneciam no mesmo estado de curtição aluci-nógena. Meu desespero ficou maior, apesar disso estava aparentemente controlado.

— Você vai ficar bem. O elixir apenas deixa você mais calmo para podermos falar. Tenho ajudado você há um tempo e você já é meu recruta. Quem você acha que facilitou os acordos e te fez encontrar as palavras corretas? Eu estava lá com você naquele barco. Já observo você faz um tempo e minha máquina tem sido minha boca e modo de me comunicar.

Olhei na direção da porta para ver se estava fechada e se via o abre-alas por perto, na esperança de pedir socorro. Era ele ou a copeira.

— É inútil pensar neles para te ajudarem. Meu lacaio vai garantir que você não saia desta sala, meu amigo. — Abriu um sorriso largo que foi completado com uma risada de desprezo. — E a copeira? Essa nem sabe o que está acontecendo, ela é um lastro que poupei para poder me servir, enquanto for útil. — Seus olhos ficaram arregalados.

— Quem é você???

A criatura chegou ainda mais perto dos meus ouvidos.

— Já lhe disse que meu nome não importa! Seu amigo, Deputado, me encontrou faz muito tempo, no interior do estado, numa noite de desespero, quando a campanha não ia bem. Fizemos um acordo de ajuda mútua. — Uma risada cínica foi a pausa na conversa. — Ele me mantém vivo e eu trago sucesso e riqueza para ele. Mas preciso, de tempos em tempos, de me alimentar, de lastro. Sou muito antigo e provavelmente depois que você partir ainda vou ficar por aqui. — Agora, a risada parecia macabra. — Preciso, também, libertar outros como eu. Você é meu convidado. Existe somente um modo de sair desta sala. Vai me ajudar, meu pupilo?

— E se eu disser não? — falei sem pensar, quase que uma defesa própria. Meu corpo parecia estar mais ágil, todavia me contive com medo de um movimento em vão ser o meu derradeiro.

O corpo robusto do ser se afastou de mim. Num único golpe, ele virou rapidamente a cadeira e meu rosto ficou muito próximo do seu. Sua face havia modificado novamente. Neste instante, estava na minha frente a face triste e melancólica. Vi que esse poderia ser o último rosto que eu veria, a depender do que fizesse. Mas as palavras dele ficaram ecoando na minha mente e lembrei do Deputado e como ele era uma pessoa de referência para mim. Sim! Eu também queria esta fama e poder. Meu desejo mais íntimo foi se construindo e dentro de mim ia se revelando. O sorriso estático ficou me olhando e sua cabeça inclinou levemente para seu ombro esquerdo e depois o direito. Lentamente esse movimento pendular invertido parecia escutar meus pensamentos.

— Se você disser não, então não será mais uma máquina e vou considerá-lo um lastro! A decisão é sua e não sou eu quem concorda. É você quem deve pedir e não posso obrigá-lo a nada. Me limito somente a fazer o convite. Mas saiba que, uma vez aceito, não poderá ser desfeito.

— Nem na morte — pensei.

— Nem na morte! — ele me respondeu no mesmo instante. — Na sua morte, você seguirá o caminho junto ao nosso mentor. Mas vou cuidar da sua saúde. — Resolvi não perguntar mais nada.

— Você terá todas as suas respostas sendo uma máquina como o seu amigo Deputado.

Aquela face triste ficou me encarando por alguns segundos. Os lábios caídos e arqueados transmitiam uma melancolia que cortava meus pensamentos. Um sentimento de medo começou a se manifestar em mim, sendo difícil de contê-lo.

— Meu pupilo... — Os lábios disseram isso sem quase se abrirem. — Não tenha medo e deixe-se levar pelo seu verdadeiro eu. O medo apaga todas as suas ambições. — Estava, agora, passando seu dedo indicador no rosto cauterizado de um dos convidados, colocando-o depois na boca. — Você vai aprender a apagar e não mais sentir, mas, sim, fazer o medo.

Meu coração disparou.

— Controle-se. Deixe seguir sua intuição e logo tudo vai ficar bem, tudo será como antes. — A face agora era a própria face do Deputado, com os olhos ainda escurecidos e a mesma voz de quando a criatura chegou. — Não se perca naquilo que você enxerga. Lembre-se de que agora ele para mim é apenas uma máquina, assim como você também será. Mas será uma máquina feliz e rica. Terá que seguir e me atender e vou cuidar de você, caso contrário... — A criatura olhou para onde estavam os convidados. — Devo alertá-lo de uma última coisa... Ainda vai ter que aprender a perder, nem sempre você vai ganhar, às vezes eu vou ganhar. Perder é bom, para que nunca ninguém saiba do nosso acordo. Perder faz tudo permanecer como antes, aos olhos de quem vê apenas a máquina. Mas estarei do seu lado. — A respiração da criatura revelava um tom de inquietação.

A chuva estava intensa. Recordei-me da alegria e da sensação de poder gratificante que senti na última vez que dividimos nosso lucro, numa lancha, no meio do lago Paranoá. Um desvio que nunca foi pego e agora eu entendia um dos motivos. Senti segurança. Um rompante de sopro foi tomando conta de mim, completando meus pensamentos, irrigando meu sangue e fazendo-o fluir pelo corpo.

— Sim!

— Sim, o quê?

— Quero ser uma máquina. Posso te ajudar? — respondi convicto.

SOBRAS DE CAMPANHA 59

Ele se afastou de mim. Uma risada tomou conta do lugar. — Que assim seja! Vou te apresentar a um novo amigo!

A criatura foi caminhando em direção aos meus convidados. Suas unhas estavam crescidas e pontiagudas. Eram pinças e começaram a arder como se fossem ferro de marcar gado. Ela se postou entre eles. Posicionou as mãos abaixo do queixo deles e lentamente foi puxando e arrancando a pele de suas faces. Ambos inertes, não fizeram obstáculo a esse descarnar o couro. O tecido foi desgrudando sem rasgar, deixando expostas as fibras do músculo. O sangue foi descendo viscoso e lento por entre os ombros de ambos. Gotejando no chão.

A pele saiu toda inteira da face deles, mole e lisa. Sem-nome revirava os olhos fixamente para cima demonstrando prazer. Um êxtase tomou conta do seu rosto. Disse umas palavras numa língua estranha, desconhecida, com fonemas e sons claros, como se estivesse recitando um mantra. Repetia e repetia. Finalizou e jogou na mesa as peles retiradas na minha frente.

— Coloque!

— Quê? — perguntei sem realmente saber o que ele queria dizer com isso.

— Vamos, coloque! Veja na sua frente!

Na mesa havia uma máscara.

Trovejou!

Era uma máscara totalmente dourada, no mesmo formato da que o Deputado possuía. Era uma peça de três faces totalmente dourada como se fosse do vil metal. Uma das faces laterais tinha uma boca aberta com a língua de fora e os dentes à mostra, no mais puro deboche, e a outra um par de lábios fechados curvados para baixo e com sobrancelhas arqueadas, como se demonstrasse arrependimento. Ao centro, apenas local para os olhos com espaço vazio para a boca. A minha boca! Os olhos pareciam olhar fixamente para mim, fazendo deste instante um convite para o desconhecido.

— O que vai acontecer com eles? Você os matou! Serei responsabilizado, isso é loucura! — Ainda tinha um fio de dignidade em mim e precisava dizer isso. Sabia que não estava me preocupando de verdade com eles, mas disse para me assegurar de que tudo seria resolvido.

— Você está mentindo, meu pupilo. Isso é bom... não escolhi errado. Eles são lastro, sobras de campanha! — Uma pausa na fala foi substituída por uma longa tomada de ar. — Vamos nos alimentar e, como sempre, o Deputado vai vender os órgãos deles no mercado negro. O que não for aproveitável, nosso cão poderá matar sua fome e fúria. Agora serão dois e o lucro de vocês será ainda maior. Nós cuidaremos de tudo.

— Nós? — agora falei com indignação mesmo.

— Coloque a máscara, meu jovem pupilo!

Peguei a máscara, virei e fui colocando no rosto. Olhava atentamente para o espaço central. A peça era pesada e parecia mesmo de metal. Foi se aproximando até que finalmente encaixou no meu rosto. Fechei os olhos.

Senti a máscara grudar fortemente e um calor repentino tomou conta de todo o meu corpo. Ela estava se moldando ao meu rosto. Estávamos nos unindo. Sua rigidez estava sumindo e minha pele da face ardia em fusão. Tentei gritar, mas minha voz estava muda como se eu não tivesse mais som e controle sobre minha fala.

Olhei para o lado e vi um facho de luz branca sair do corpo de um dos convidados e rapidamente acertar meu rosto. Foi confortante e tonificante. Era vida, energia pura, comecei a ficar num estado pleno de gratificação. Senti um fluxo contínuo de energia vital. Estava me alimentando. O mesmo acontecia com o outro corpo, mas o facho ia em direção à cabeça da criatura, que soltava uma sonora gargalhada de prazer.

Nos alimentamos até que os corpos caíram no chão, aparentemente sem vida. O sangue estava coagulado e eles pareciam num coma profundo. Os rostos deles cauterizados com os olhos escancarados. As bocas abertas.

Fiquei tonto e não conseguia sentir mais a máscara no rosto, ela havia sumido, fundida ao meu rosto. Ouvi uma voz diferente falar comigo, como se fosse um ponto eletrônico, uma escuta. "Seremos muito bons amigos, se você me ajudar eu te ajudarei e farei de você muito feliz. Posso te ajudar?" Eu estava lutando contra minha tontura, mas respondi positivamente com a cabeça e um sonoro "Sim!".

A criatura se aproximou de mim. Um relâmpago clareou o ambiente junto com um estalo. Vi os olhos dela olhando fixamente para meu lado, abriu um enorme sorriso amarelado e corrosivo.

— Seja bem-vindo, meu amigo!

Desmaiei.

Acordei alguns dias depois na minha casa. Estava na minha cama e vestia uma roupa que não era minha. Nunca soube como cheguei aqui. Rapidamente olhei meu celular e vi que haviam se passado exatos sete dias. Não me lembrava de nada depois de apagar. Sabia de tudo... e precisava confirmar sobre o que havia vivido.

Na parede oposta, vi pendurada uma peça de arte. Uma máscara de três faces douradas. A minha máscara. No meu dedo médio esquerdo, havia um anel com uma pedra de cor escura. Respirei aliviado.

Meu celular estava apitando, avisando que havia uma publicação na rede social. Percorri todas as minhas redes e depois fui verificar as do partido do Deputado. Rapidamente fui ler qual era a novidade, já pensando no intenso trabalho que estaria por vir. Estamos num ano de eleição e muita coisa deve ainda ser definida.

Fiquei alguns minutos sem reação, lendo, relendo e processando tudo. O tempo parecia ter ficado mais lento e minha mente estava inerte tentando decifrar o que eu acabara de ler. Os pensamentos gotejavam num terreno fértil de questionamentos.

A notificação informava o resultado das convenções e o nome do Deputado havia sido aprovado para concorrer à vaga do Senado Federal e meu nome também foi confirmado para disputar o pleito como Deputado Federal.

Respirei fundo.

Tive a sensação de que estava sendo observado.

Vi os olhos negros e profundos da máscara me encarando.

Paixão, sangue, suor e lágrimas

Finalmente havia chegado o tão esperado jogo. Durante um mês, as torcidas não falavam em outra coisa. Os jornalistas pareciam abelhas-africanas selvagens atacadas por um nativo procurando mel. O tema era sempre o mesmo: o jogo para a final do campeonato estadual.

Os jogadores não paravam de sair na televisão, e todo mundo arriscava um placar. Uns movidos pela paixão, outros pela razão, e mais ainda uns poucos tantos, pela estatística. As entrevistas eram as mais diversas, sempre com um comentarista ao fundo falando como se fosse aquela velha tia que sempre tem bons conselhos a dar. A cada dia, uma ilusão, a cada hora, uma verdade. O tempo não passava como de costume, até parecia noite de Natal.

Meu avô era um homem de palavra. Sempre que nosso time chegava numa final, ele me levava ao estádio. E aquela final era mais do que especial, era única. Chegamos ao grande dia sem levar mais do que cinco gols. Éramos o primeiro da tabela e nosso amado "Canhotinha" era o artilheiro do campeonato. Do que mais eu precisava? Claro, do título de campeão...

O dia estava claro, com muito sol. O céu azul sem nenhuma nuvem. Os poucos pássaros que voavam faziam belas manobras a perder de vista. A imaginação era o limite, e o céu um grande aquário de experiências.

Meu avô estava com uma boina masculina de lã, tipo italiana, na cor grafite, quase um mafioso. Calça cáqui e cinto preto lustrado e blusa de botão branca. Era realmente um avô à moda antiga, e era exatamente do modo que eu gostava.

Logo que estacionou seu carro antigo de motor aspirado olhou para mim, bateu com a mão esquerda no meu joelho e me disse para irmos logo, pois queria ir ao banheiro. Ele adorava esta procissão antes do jogo, todas as etapas, todas as comidas, bebidas e, principalmente, os comentários. Ele foi, sem sombra de dúvida, a pessoa que me fez amar o futebol, meu time e, é claro, adorar sua futebolística companhia.

Sempre no caminho, ele relembrava os jogos gloriosos de nosso time e escalações antigas, citava a seleção brasileira e fazia nesse percurso alguns amigos que lhe roubavam os ouvidos e capturavam um belo depoimento de amor ao time. Para ele, futebol era mais do que sorte, campo, bola e vinte e dois caras... era uma ciência, diversão e muita, muita amizade. Seguimos de mãos dadas, como sempre.

No horizonte do longo estacionamento, acompanhado pelas antigas e magníficas árvores, nascia majestoso o nosso templo. Concreto aparente, já devidamente reformado e preparado para mais um espetáculo. O estádio era o palco de grandes decisões, jogos memoráveis e recentemente utilizado, de tempos em tempos, como a casa de apresentações artísticas e musicais.

Logo na entrada do estádio, o encontro inevitável das torcidas. Grandes bandeiras, canções apaixonadas e fogos, muitos fogos. Tudo fazia parte de um espetáculo de circo. Até mesmo os cavalos da polícia estavam calmos, imponentes, batendo os cascos no chão numa só voz. Pareciam saudar nossa chegada. Alguns policiais olhavam com cara amarrada, usando óculos escuros. Eu podia ouvir um murmurinho entre eles, mas não tinha coragem de olhar nos olhos e entender o que realmente falavam. Na minha idade, isso era o que havia de mais charmoso e misterioso. Uma mistura perfeita, e demorei muito tempo ainda para entender por que realmente eles estavam por ali.

A fila estava enorme. Tanto para o nosso time quanto para o time adversário. Meu avô segurava firme a minha mão e me dizia que eu não podia me afastar dele, senão minha mãe "mataria" ele. Claro que achei um exagero, tinha vontade mesmo era de sair correndo na frente e olhar rapidamente o gramado, de gritar meu hino e vibrar com o título... é claro.

Meu avô logo pegou uma carteira de sócio fundador do clube e foi mostrando ao cobrador. De repente um belo sorriso se abriu no rosto desse carrancudo trabalhador de porta de estádio, o qual respondeu com umas belas palavras sobre honra, memória e admiração. Pudemos então entrar na fila dos camarotes dos fundadores e eu passava olhando os outros como se eu fosse um dos jogadores. Tive meu momento de fama e glória, mais um belo instante de orgulho do meu avô.

O estádio estava lindo. A grama verde, toda fechada, me fez lembrar da cobertura do bolo de aniversário que minha mãe havia preparado para mim. Haja coração.

Dentro do estádio, a emoção estava à flor da pele. A casa estava cheia. Bandeiras, camisetas coloridas, bonés girando feito pião de roda. As torcidas embriagavam-se de euforia e ansiedade. Quando ouvi os gritos de torcida, as músicas e os apelos, senti meu coração bater mais forte. Do meu lado, vi meu avô de pé, gritando feito a molecada da rua quando jogava bete. Vi ele tirando e segurando um lenço do bolso e em sequência enxugando as lágrimas. Não resisti e perguntei o porquê do choro. Ele me olhou nos olhos, arrumou os óculos de grau, coçou a garganta e disse: "Choro pela saudade, choro pelo medo de estar me despedindo de tudo isso... vou sentir muita falta de você". Dei um sorriso também e o abracei. Na verdade, não entendi sua resposta, mas percebi e senti que era isso que deveria fazer. Acho que também já sentia saudade dele. Demorei muitos anos para entender.

Passaram-se alguns minutos e estávamos todos de pé ouvindo o hino nacional, recepcionando os jogadores e a trupe de juízes. Próximo passo foi o início da partida com o coração na mão, os lados tensos com uma vontade de marcar logo o primeiro tento.

Os dois times estavam cautelosos e estudavam cada movimento, não deixando que o jogo avançasse para além do meio de campo. Tática, treino e disciplina, esse parecia ser o lema que iria comandar a partida. Ambos os treinadores, à beira do campo, gritavam exaustivamente instruções como se o milagre de uma jogada genial pudesse ocorrer.

Passados trinta minutos do início da partida, um lance pela ponta esquerda contra nossa meta iniciou uma troca de passes que finalizou com um chute, direto na rede... marcando um gol contra meu amado time. Meu avô sentou-se lentamente na cadeira, abaixou a cabeça e ficou me observando até o instante em que deu um sorriso e pegou no meu braço. Finalizou com palavras de otimismo de que esta não seria apenas uma final, mas a final histórica da virada. Dito assim, levantou-se e começou a cantar e vibrar como o resto dos torcedores.

Fomos direto ao intervalo. Lanche, discussões acaloradas e opiniões táticas. Todos num sentimento de que apenas a tática não seria suficiente para a histórica virada. Da ciência à sorte, todos foram os assuntos futebolísticos.

No segundo tempo de jogo, o relógio era um algoz e os ponteiros lentamente marcavam a possibilidade de uma sentença. Todos gritavam, meu avô segurava fortemente meu braço. Quinze minutos após o início de retorno do jogo, uma jogada de troca de passe provocou uma falta a favor de nosso guerreiro time.

Canhoto se dirigiu confiante para a bola. Tomou-a na mão e a levantou aos céus mostrando-a em seguida para a inflamada torcida. Depois de posicionada e com autorização do árbitro, partiu com sua poderosa perna esquerda para o talvez decisivo chute.. e.... dentro!

Goooooooooooooooooooooooooollllllllllllll!

Empatamos, e o estádio balançou tal qual canoa de índios Tapajós. Trocamos um olhar de amor sincero, e, logo em seguida, um longo abraço marcado com gritos de euforia. Eu e meu avô comemoramos como nunca havíamos feito, como se fosse o primeiro gol ou ainda como se pudesse ser o derradeiro juntos. Estávamos unidos, crianças... éramos felizes e confiantes. Era preciso mais um ponto antes do término, pois o empate nos levaria à decisão por pênaltis...

É neste momento, prezado leitor, que tomo a liberdade, como narrador personagem, de lhe oferecer uma oportunidade. Uma experiência peculiar e inusitada.

Viver um momento assim, perto de alguém de família que gostamos tanto, ou pelo menos deveríamos gostar, não pode terminar com as minhas palavras, o meu final, a minha interpretação. Não seria certo, e ainda mais, seria a minha experiência. Mas viver não é ser nem meu nem seu. Viver é do ar respirar e fazer de cada momento o nosso momento!

Proponho que o fim deste relato caiba a você, leitor. Escolha de acordo com os critérios que aqui estabeleço. Se você leitor for um pai ou uma mãe, mas não é avô nem avó, escolha o final "a". Se você é avô ou avó, então escolha o final "b" e, finalmente, se você for um neto ou neta, como eu, escolha o final "c".

Boa classificação!

Final "A"

Ficamos os dois parados aguardando o início das cobranças. Depois de um placar já igual de penalidades, olhei para meu avô, que me respondeu com um sorriso tímido. Falei que estava com sede e acredito que ele me entendeu, pois foi logo dizendo que eu era como meu pai em certos momentos. Fomos para a lanchonete do estádio e ficamos lá tomando nossa bebida gelada sem falar nada... aguardando respeitosamente nosso veredicto.

Final "B"

Meu avô ficou me olhando procurando em mim alguma manifestação de desejo. Estávamos no intervalo para o início da disputa por pênaltis. Ele retirou a boina, coçou o ralo cabelo e me fez uma proposta: "Vamos, filho, não acho sadio assistir disputa por pênaltis, faz mal ao meu velho coração!". Fiz um sinal positivo e fomos descendo as escadas... Perto do carro, ouvíamos os gritos e as comemorações... Sem identificar as torcidas. Saímos calados e felizes, de mãos dadas.

Final "C"

O fim do jogo, eu não pude saber... meu alarme de despertar para ir à escola estava tocando e me despedi daquele sonho — encontro com meu avô, ficando ali o desejo de vê-lo novamente. Foi muito bom sentir seu abraço e lembrar de cada sorriso que trocamos. A saudade que resta, ou ainda a lágrima que escorre, pode ser o prenúncio de outro encontro para uma nova partida no futuro.

Se você não se sentiu confortável com nenhuma das alternativas, é porque, decerto, para você este relato ainda não teve fim. Corra, pegue seu telefone e faça uma ligação para alguém que goste muito e diga a primeira palavra que lhe vier à mente.

Meu adorado gatinho

Vida de médico é assim, sem horário, sem dia, sem refeição, sem material, sem maca, sem vaga, sem medicação... Cada dia um longo plantão, cada plantão uma nova lição. Aquela noite não seria diferente, dentro desse cansativo, mas gratificante universo.

O hospital era numa rica cidade de nosso amado país, num bairro de classe média, se é que ainda existe esse tipo de classificação. O fim de semana não poderia ser pior na vida de um plantonista médico residente de ortopedia: 12 de outubro! Dia de Nossa Senhora da Conceição Aparecida, certo? Errado! Dias das Crianças!!!!!!!!!!

— Dr. Carlos Emanuel, boa noite, o senhor está pronto para mais um plantão juntos?

— Professor, boa noite! Estou sim. Acho que será uma noite tranquila. O senhor deseja algo de imediato ou posso seguir com os procedimentos normais?

— Pode, mas quero passar os pacientes com você, vamos direto aos internados em observação no pronto-socorro, faço alguns questionamentos, temos um caso interessante no leito 13, depois assumimos o plantão, certo?

— Claro, Professor, vamos iniciar e seguir com o plantão e... como dizer... aguardar!

— Seja como for, tente agir com naturalidade. Ser médico é lidar cada dia com uma surpresa, o senhor sabe disso, não é mesmo?

— Sei sim.

Seguir os passos de um professor médico numa residência requer muita força de vontade. Provas, conteúdo, pacientes, plantões, textos e debates. Tudo no mesmo espaço curto de tempo, no mesmo universo finito, numa eterna expansão de conhecimento, como dizer de modo mais simples: Big Bang! Esse é sem dúvida o dia a dia!

Mas num plantão de 24 horas o tempo se arrasta, passa pela ampulheta como areia grossa de se fazer concreto armado. O bater dos ponteiros ecoa na mente tal qual aquela goteira do vizinho numa noite de ressaca.

E lá foram eles, passando paciente por paciente e discutindo os casos.

— Dr. Carlos, você pode me dizer, após ler o prontuário, qual técnica cirúrgica de acesso você faria no caso de um provável procedimento neste paciente amanhã à tarde? Você verificou o jejum e os resultados sanguíneos?

— Bem... eu... é... pensei... em...

— Doutor Vasconcellos, comparecer à emergência, pronto-socorro, atenção, obrigado. Doutor Vasconcellos...

— Doutor...

— Eu ouvi, calma... não é nada que você não possa me responder agora!

— Atenção, Doutor Vasconcellos, comparecer à emergência, pronto-socorro, obrigado.

Com esta chamada final, Dr. Vasconcellos olhou firme para o seu fiel escudeiro aluno, e com o indicador em riste fez o sinal de que o seguisse. Ainda comentou que a resposta deveria ser dada ao longo do caminho. E foi assim que aconteceu...

Ambos, lado a lado, saíram conversando pelo corredor, em passos firmes, seguindo a linha azul marcada no piso que indicava o caminho direto à emergência.

— Enfermeira, do que se trata? Dr. Carlos, pegue a ficha e traga aqui, seja rápido.

— Doutores, é uma criança, 13 anos, suspeita de fratura, queda de bicicleta. Reclamando de dores, com calma aparente e acompanhado da mãe. Paciente já passou pela triagem rápida e os exames de raios X estão já no sistema.

Dr. Vasconcelos olhou para a enfermeira e com um olhar de agradecimento balançou a cabeça. Tinha esse hábito de falar muito com sua equipe em gestos e expressões. Ele costumava dizer que, em equipe, um olhar pode valer por mil palavras.

— Dr. Carlos, sendo confirmada a fratura, vamos reduzir e colocar no lugar, sei que vocês já andaram fazendo isso no curso, mas quero aproveitar e ensinar uma técnica antiga e muito útil.

— Vai ser uma boa oportunidade, Doutor. Boas técnicas são assim mesmo, duram com o passar dos anos.

Professor Dr. Henrique Mendonça de Vasconcellos, Dr. Vasconcellos ou, como era chamado pelo staff, Dr. Reprovação, apelidado assim pelos sofridos alunos do curso, secamente respondeu como se não tivesse escutado as últimas palavras de seu aluno. Ele era assim mesmo, sisudo, cara fechada, mas que, vez ou outra, demonstrava com um sorriso de canto de boca seu ácido humor. Era interessante como um homem de poucas palavras e sério poderia mesmo assim ser tão educado.

À medida que se aproximavam, escutavam gritos de uma criança. Algo terrível devia estar acontecendo. No fundo, entre um grito ou outro, ouvia-se um som mais brando, como um chiado, fazendo as vezes de alguém que pedia silêncio.

— Vamos, meu caro aluno, o dever e os gritos nos chamam!

O impaciente paciente gritava aos quatro ventos. Ora de pé, ora sentado. Olhava para a mãe, que tentava consolá-lo com um aperto firme de mão no antebraço não machucado. A típica disputa de manda e obedece, autoridade e raiva. Tudo como tem que ser numa situação dessas, o conflito de gerações.

A cada aperto da mãe, um novo grito, como se fizesse concorrência com os demais sons do hospital. O olhar de repreensão da mãe era logo em seguida emendado no choro seguido de um soluço longo. Uma sinfonia dissonante onde o primeiro movimento, *andantte*, apenas iniciava.

Na sala ao lado, os médicos, professor e aluno olhavam juntos as imagens do exame de raios X e já elaboravam um diagnóstico: fratura!

Professor tomou a frente para entrar no consultório, convidando com o olhar seu aluno e avisando numa vista lateral que prestasse atenção, pois a manobra estava iniciando.

— Boa noite, meu nome é Dr. Vasconcellos e este é Dr. Carlos, já vimos seus exames e será preciso ainda uma avaliação clínica nova para uma melhor opinião. Boa noite, mãe! Qual seu nome, meu jovem?

— Ai!!! Nunca mais quero voltar a esta bike velha, mãe, já falei para meu pai que preciso de uma melhor, aiiiii! Quero uma maior, que possa fazer trilha, quero de aniversário! Aiiiiiiiiiiiiii!!!!

— Meu filho, responda ao Doutor... seu nome... é Rodrigo, Doutor. Ele está nervoso e se assustou com a queda, esses jovens são assim, exigentes com a gente, né? Nem prestam atenção direito quando a gente fala.

Sem responder nada ainda à mãe, a qual não sabia do início da famosa manobra de redução de fratura, Dr. Vasconcellos olhou na direção de Carlos e continuou com um belo sorriso nos lábios.

— Mãezinha, sei bem como são esses jovens. Vamos falar com ele, tenho certeza que ele vai ajudar. Dói aqui, Rodrigo? Tente mexer os dedos e fique com o antebraço nesta posição, assim...

— Ai, Doutor, assim dói... mãeeeeeeeeeeeee!

— Calma, quer dizer que você também pedala? Eu pedalo nos fins de semana, gosto de trilha e tem sido um esporte de muito prazer, seja bem-vindo, é assim mesmo, tombos podem acontecer, tenha cuidado! Você pelo que vejo estava sem equipamento de segurança, ou não?

— Ai, Doutor, não quero ser campeão olímpico, quero somente passear, ai!!!!!!!!!!!!!!!!! Não uso nada além de boné!

— Doutor, ele tem esta bicicleta já há um tempo, acho que ficou pequena para o tamanho!!! Estes meninos crescem assim, a gente nem vê, parece bicho que cresce na fazenda.

Carlos procurou um local onde pudesse ver mais de perto como seu professor estava posicionando o antebraço fraturado. Anotava tudo e já estava fazendo ele mesmo suas conclusões.

Seu professor permaneceu com uma calma imutável, quase Zen, com olhar penetrante. Um clima tibetano tomava conta da sala abafada, fazendo sumir os gemidos e os olhares vazios da inquieta criança. A mãe continuava segurando, agarrada à mão do antebraço sadio do filho, que de tempos em tempos buscava tirá-la, finalizando com um olhar de independência ou morte!

— E, por falar em bicho, você tem algum animal de estimação, um cachorrinho ou gato? São boas companhias, sabia? — disse isso o pacífico professor, apalpando o local da fratura e movendo-o numa direção mais confortável.

— Ai!!!! Não tenho bicho, moro em apartamento!

— Ahhh, que legal, apartamento é bom para gatos, eles amam! Ficam o dia todo na janela observando e conferindo o vai e vem da rua.

O professor respondeu demonstrando uma concentração contagiante. Uma fala mansa, com um olhar focado, mas que passava carinho e muito interesse pela conversa. As palavras eram muito bem ditas, pausadamente, sem pressa. Essa tranquilidade fazia lembrar as falas de um mestre Jedi, quase um Yoda da medicina.

— Ai! Nossa, cuidado, Doutor, dói muito! Putz.

Nada abalava o professor. Carlos, por sua vez, parou de anotar e ficou observando esse clima tranquilo do seu mestre, não sabendo se via mais dos movimentos ou se gravava em sua mente aquele olhar.

— Bem, mas quer dizer que você tem um gato? Você o adotou? Gosto disso, temos que ajudar os pobrezinhos, a menos que você prefira um de raça? Qual a raça dele?

— Não tenho gato! Aí, calma, dói! Mãe!!!!!!!!!!!!! Fala com ele!!!!!

— Doutor, não temos gato, minha sogra é alérgica, bem, ela diz que é... mas, sabe, nem sei mesmo se é! Coisas de sogra, que é melhor a gente não ficar sabendo, não é mesmo?

Carlos nessa hora testou a caneta e iniciou em seu caderno um desenho da fratura, indicando exatamente o local onde era, como uma ilustração de livro acadêmico. Parecia assistir a uma cena de Fellini, gritos e sorrisos, tudo no mesmo ambiente. Mas isso não foi o suficiente para lhe tirar a atenção e viu que, se não anotasse tudo, poderia perder esse conhecimento transmitido.

— Mas esse gato, preste atenção, menino — continuou Dr. Vasconcellos. — Se for persa, é muito peludo, mas os dourados são lindos. Gatos de pelos longos temos que escovar todos os dias. Particularmente, prefiro os de pelo curto, tipo inglês.

— Aiii, doutor, tá arrancando é meus pelos curtos, isso sim, não tenho gato!

— Sei... dói aqui, e assim? Já viu um gato de pelo curto cinza de patas brancas? Parece estar de meias e anda com estilo, quase um diplomata antigo! O seu gato de pelo curto é cinza?

— Ai!!!!!!!!!!!!!!!!!!!

— Na cor cinza são bonitos os gatos de olhos vermelhos... fique parado, por favor. Parabéns, adoro gato cinza!

— Doutor, não tenho gato, detesto cinza, minha bike é preta como a noite, ai!!!!!!!!

— Gato preto? Bonito também. Não sei por que esse estigma de que gato preto é sinônimo de azar. Vai entender esse povo, não é mesmo, Rodrigo? Você caiu de bike vendo seu gato preto?

— Gato preto, não! Estava descendo uma ladeira... ai! Doutor, já disse que não tenho gatos!

— Doutor, os meninos da rua fazem competição... Todo fim de semana e feriado é assim.

Vasconcellos era pura concentração, fez um pigarro, olhou para a luminária florescente que piscava e continuou:

— É... gato preto, pensando na sua queda, pode dar azar mesmo, particularmente não acredito nisso... Mas você tem alimentado seu gato com qual ração?

Nesse momento, Professor Vasconcellos olhou ligeiramente para seu aluno e num rápido movimento realizou a redução da fratura, colocando o antebraço do jovem infantociclista, dono de gato e paciente, no exato e milimétrico lugar. Carlos observou tudo atentamente, engoliu em seco e posicionou seus largos ombros em sentido, como se estivesse diante do pavilhão nacional num 7 de setembro.

Ouviu-se um estalo alto e seco e um longo silêncio perturbador.

Fratura reduzida. Manobra realizada.

O rapaz direcionou seu olhar fulminante para sua mãe escudeira. Uma dor larga, profunda e inesperada percorreu seu antebraço e foi se alojar dividida em duas partes, não tão iguais assim. Na sua mente e em seu punho fechado em riste do braço oposto, sadio, que a mãe já não podia mais conter.

— Aiiiiii, Dooooouuuutorrrrrr!!!!!!! Me desculpeeeeeeeeeeeeeee, pelo amor de Deus, mãe!!!!!!!!!!!!!!!!!!!!!!!!!!!!!!!!!!!! Eu juro, eu tenho um gatinho! Pelo curto, lindo, o gato persa tem pelo muito grande, tem que escovar sempre. Detesto gato preto, dá azar, aiiii, É CINZA COM PATAS BRANCAS!!!!!!!!!!! De olhos vermelhos, adoro gatos, EU JURO!!!!!!!!!!

Dr. Vasconcellos olhou para seu aluno ao finalizar a manobra, satisfeito com o êxito da redução, piscou para ele, esboçando um leve levantar de sobrancelhas. Limpou os lábios com o dedo indicador da mão esquerda. Carlos, ainda sem acreditar no que havia visto, parou de anotar e olhou atentamente a todos na sala. Ambos saíram com passos de cortejo fúnebre.

O rapaz ainda ficou falando por alguns minutos, olhando para sua mãe resignada, mas feliz de ter finalizado o atendimento.

Dr. Vasconcellos pausadamente ainda disse a seu atento aluno:

— Me diga agora novamente sua resposta daquele caso... e... amanhã pela manhã passe na lavanderia e traga, quando vier visitar este paciente, uma bola de meia para o gato dele. Adoro gatos! Disse isso batendo no ombro do aluno com um discreto sorriso de canto de boca nos lábios.

Quarentena

Ele estava sentado na sua tradicional cadeira de relaxar. Abraçado pelos apoios laterais e mergulhado profundamente no tecido de couro puído. A chuva caía fina do lado de fora da sala e a noite vinha chegando como o leite que ferve ao fogo. Seus pensamentos estavam longe e os ruídos de fora nem eram percebidos. O tempo parecia lento e carregado, com os ponteiros se arrastando no seu relógio de pulso antigo que viera como herança de seu avô. De tempos em tempos, havia um pensamento aqui e outro ali que lhe traziam à realidade, mas logo era levado de volta ao mundo perdido, tão distante quanto a terra de Arthur Conan Doyle.

Tudo isso por conta da lembrança de um beijo.

Mas não era um beijo qualquer, tampouco um beijo roubado ou até mesmo capturado. Foi um beijo compartilhado, cedido. O beijo ressignificado. Foi como a chegada de Colombo à América! Não pela conquista, mas pelo início de um novo tempo. Alguma coisa tinha mudado, ele ainda não sabia exatamente o quê, mas que tinha mudado, tinha. O bater do pulso, as lembranças, a calma do beijo e o mergulho profundo numa sensação de paz lhe diziam isso. Como um enigma, não pela necessidade de decifrar, mas pela sensação de conhecer algo que pensava não existir. Estranho, interessante e apaixonante. Ele estava diante de sua esfinge.

As perguntas vinham e batiam à sua porta, como que mostrando a realidade. E agora? Dias depois do beijo, a pandemia!

Melhor teria sido se esse beijo tivesse ocorrido no primeiro encontro... Todavia, tudo tem uma sequência correta e naquela noite não era beijar o mais importante. O objetivo principal foi encontrar, ou melhor, acertar o endereço.

Eles marcaram o primeiro encontro no sábado ao fim do dia, num café. Ele não poderia ficar muito tempo, pois tinha um compromisso cedo na manhã seguinte. Ambos não estariam com seus filhos. O convite foi feito sem muitas palavras, usavam um programa de celular para conversar. É... conversar... sem falar... Conheceram-se num aplicativo e estavam trocando a cada dia mais linhas e textos. Os dedos rápidos traziam sorrisos, ícones e abreviações.

Depois de alguns dias, resolveram mandar áudio um para o outro. Ela escreveu dizendo que ainda não conhecia a voz dele... e, assim, o primeiro registro físico da existência mútua foi trocado. Muitos outros áudios vieram e tal qual o cálice de vinho derramado no vestido branco, tomando conta de todo o tecido e marcando as fibras, a vontade de se verem foi cada dia maior.

Ela aceitou o convite: a hora foi definida e o nome do café bistrô escolhido.

Como tem que ser, ele escolheu seu perfume preferido, a roupa que lhe melhor vestia e partiu para matar sua curiosidade e ansiedade. Foi direto ao café e pegou uma mesa no fundo, perto de umas árvores, mas num local coberto. As nuvens escuras guardavam a chuva como um pote de vidro pesado cheio mel e na iminência de derramar. Não conseguia prestar muita atenção ao seu redor, mas sabia do burburinho de pessoas falando. Março ainda é o mês em que todos não foram atingidos pelo cansaço do ano vencido.

O tempo passava arrastado, gotejando, até que finalmente ela escreveu.

"Cheguei, onde você está?"

"Estou no fundo, do lado de fora, perto de umas árvores, na parte coberta."

"Onde? Não estou vendo você, vim para o fundo também..."

"Não estou vendo você..."

Começou a escrever, perguntando qual a roupa dela e ainda pensou em descrever sua roupa. Tomou um gole de água tônica com gelo e apagou sua mensagem. Achou que isso poderia ser muito direto. Resolveu mudar a fala, ou melhor, o texto.

"Você veio no Café Ernesto?" Escreveu, mandou e foi olhar na conversa se esse era mesmo o nome do café.

"Sim, Ernesto."

"Asa Sul?"

Silêncio. Nenhuma resposta imediata. Passados alguns segundos...

"Asa Sul? Vim no Ernesto da Asa Norte."

As palavras pareciam brilhar e ele foi tomado pela dúvida se escrevia ou ligava direto. Nesse meio-tempo, a conta já estava paga e ele estava decidido a ir para Asa Norte.

— Alô. Tudo bem? Você ainda está aí?

— Alô. Estou já no carro, dirigindo, tô indo aí.

— Sério? Eu vou até você, moro na Asa Norte mesmo.

— Não, vou ter que ir aí, moro na Asa Sul, é caminho!

Marcaram de se encontrar no fim da quadra comercial. No estacionamento do templo budista. A paz oriental poderia servir de bússola e acertar o caminho do encontro. A voz dela ficou ecoando na mente dele, causando a ressonância crescente da ansiedade da troca de olhares que estava por vir. No para-brisa do carro, uma fina garoa se fazia presente, justificando o anúncio das águas de março que podem fechar o verão.

Tic-tac.

Alguns minutos tinham passado, mas, na mente dele, parecia um tempo muito maior. A relação temporal quântica provavelmente havia sido modificada, ele sentia assim, mesmo que não dissesse para si mesmo.

Vencido todo o trajeto, veio aproximando e estacionando o carro. A noite já caía e as gotas de chuvas eram constantes, naquele breve momento em que a garoa se transforma numa chuva fina.

Ela saiu do carro. Majestosa. Linda. Um sorriso aberto que lembrava o nascer do sol. O mesmo sorriso que seria depois escondido numa máscara. Usava um vestido azul-escuro com cinto e botões largos. Sapato scarpin meio salto, preto. Cabelos negros compridos e um par de olhos esverdeados. O perfume anunciava que ela estava por ali.

Estátua. Os primeiros segundos dele foram exatamente assim. Linda e com uma energia que contaminava o ar, fazendo com que ao respirar sua pulsação aumentasse. Ele quebrou a própria inércia dando um belo sorriso e caminhando em direção dela.

No caminho já foram rindo do endereço trocado e um disse ao outro que não havia problema e que a culpa era dos dois.

Longo abraço.

O abraço foi incrivelmente confortante. Um sistema chave-fechadura, uma porta que se abria. A conversa foi boa e a relação quântica temporal, como que brincando, dessa vez acelerou o passar dos minutos. Foram minutos, nem mesmo uma hora, mas o suficiente para marcarem algo num próximo dia. O dia do beijo.

Mensagens trocadas, imagens enviadas e áudios transmitidos. Passados exatos quatro dias, marcaram de ir num pub irlandês. Uma banda cover de rock progressivo canadense ia tocar. Ele fez o convite achando que ela pudesse não gostar e nem ir..., mas foi! Ela gostava de Rush!

Ela chegou linda. De preto, sorriso e com o delicioso perfume de antes. Riram, ouviram música e tomaram uma IPA gelada. A conversa foi boa como o vento no litoral acariciando a face. Quando ele percebeu, estavam abraçados, ouvindo os clássicos de Rush. Aquele abraço bom, junto e com sentimento.

Tom Sawyer.

Foi nessa canção, já quase no fim do show, que o beijo foi compartilhado. O famoso beijo. O beijo inesquecível. O beijo bom. O beijo recíproco. O beijo de carinho. Simplesmente: o beijo. Todo mundo já dividiu um beijo assim. Quem ainda não o fez, não sabe o que é. Ele mesmo não sabia, mas acreditava que existia.

Tiveram uma noite e tanto. Boa música e um papo conquistador. Claro, outros bons beijos. Nove dias depois, uma notícia poderia mudar tudo. Um vírus estava descontroladamente matando as pessoas. Ásia, Europa e, agora, América. Uma pandemia global onde a quarentena era a melhor saída.

Justo agora?

Por conta disso, ele permanecia sentado na sua tradicional cadeira de relaxar. Abraçado pelos apoios laterais e mergulhado profundamente no tecido de couro puído.

Estava pensando no que fazer. Não poderiam se ver durante um tempo. Nem sabia quanto tempo. Falavam escrevendo, ligavam e se ouviam. Mas os olhos e o coração dele queriam mais. Naquele dia, pensando nisso, colocou uma música no *Spotify* para se desligar ainda mais. Depois ouviu Tom Sawyer. Quando percebeu, estava ouvindo uma sequência de músicas de que ele gostava, todas faziam parte dele. As músicas que o acompanharam até aquele beijo. Uma depois da outra.

Naturalmente foi nascendo uma ideia. Algo de que gostou muito. Imerso nos pensamentos, lembrando-se do beijo e da pandemia, iniciou-se uma corrida. Foi lembrando de mais e mais canções e resolveu naquele dia montar uma lista, uma *playlist* de suas músicas.

Músicas que gostaria de ouvir com ela. Músicas que falassem dele, do que sentia, ou ainda simplesmente músicas que ele queria mostrar para ela. Era isso! Eles não iriam se ver, mesmo assim, conseguiria mostrar mais dele para ela. Poderia fazer companhia, dizer letras e letras de canções. A qualquer hora do dia, no trabalho ou em casa.

Maluquice? Não! Pandêmico!

Quase tudo pronto. Mais de 300 canções! Tanto tempo quanto fosse preciso ouvir. Tinha já percebido, o beijo o transformou. Provocou um efeito bom. A pandemia também havia agido em seu organismo. Como seria possível? Ficava, às vezes, andando em casa, com a xícara de café quente na mão, pensando nisso. Adrenalina, combustão cardíaca, pandemia e claro... o beijo.

Não é preciso estar sempre perto para gostar. Não é preciso sempre dizer algo para demonstrar. Alguns olham os campos em neve e observam somente gelo. Outros conseguem ver a vida com todo seu potencial, congelada, esperando a primavera para explodir em cores. Era isso que ele sentia. Por isso, as músicas seriam a companhia perfeita. Para ambos. A pandemia poderia até ser congelante, mas a música era viva. Será que ela ia ouvir e gostar? Pensava nisso com frequência pontual azulada. Mas sempre se retrucava dizendo que não importava: "Calado é que não posso ficar".

Foi assim que ele escolheu o nome da lista. Nomeou-a de Quarentena. E mandou.

Pronto-socorro

Morar numa cidade planejada como Brasília e não ter carro é algo que poucos sabem o que significa. Possuir um único carro numa família de seis pessoas, três adultos e três crianças, o desafio é ainda maior.

Na família de Carlos Eduardo era assim. Seu pai, mãe e a fiel amiga avó paterna. Carlos era o irmão mais velho, seguido por seu irmão e uma doce irmã caçula, a raspa do tacho. A mãe não dirigia e o pai e a avó revezavam a direção no único carro da família. Nada tão anos 80 quanto isso!

A capital federal planejada e idealizada, na prática do dia a dia, já apresentava suas limitações e condições sine qua non. O Plano Piloto, o avião, para aqueles que não conhecem a cidade, possui distâncias que transformam o ônibus numa das opções mais usadas. Paradas de ônibus distantes umas das outras e longes dos destinos. Os coletivos escassos e com preços altos. Quem pode ir de carro, não é um luxo, necessariamente, mas uma facilidade.

Carlos Eduardo era um desses jovens que, de tempos em tempo, poderia contar com a ajuda de ir de carro, mesmo que de carona familiar, para seus cursos, escolas e compromissos. Naquele dia, era exatamente isso que acontecia, ou melhor, quase isso...

Ele estava superatrasado para a aula de francês, na Asa Sul. Sua avó loucamente dirigia pela cidade, acelerando um Del Rey Guia com motor a álcool.

— Eu sabia, vó... Desconfiei que a gente iria se atrasar. Eu tenho um teste hoje... minha professora não perdoa! É rigorosa!

— Não reclame, você sabe que foi preciso. Foi uma emergência, disse a avó, buscando mudar de faixa para entrar na tesourinha e assim chegar nas quadras 100. Estou preocupada porque não avisamos sua mãe. Ela deve saber o que fazer, assim espero. — Suspirou a avó, ainda franzindo a testa a fim de recolocar seus óculos no desgastado rosto.

— Vó, minha professora é osso duro de roer, e cada minuto que passa, fico mais ferrado. Eu sabia que isso ia acontecer... tudo bem, foi uma emergência, mas mesmo assim...

Nesse momento o carro já estava fazendo o balão para tomar a direção das quadras 300 e depois chegar no acesso à via W3 quando a avó resolveu falar com o neto em francês para treinar um pouco.

— Ai, vó, não quero falar em francês! Resposta curta, meio de lado, quase seca, mas era assim que a mente de Carlos Eduardo estava. Não parava de pensar no seu atraso e ainda nas travessuras que a avó fazia no trânsito, não que ele fosse motorista, mas sabia como era andar de montanha-russa.

Aquele horário era cheio. Entre 12:00 e 14:30, as apertadas vias das superquadras são lotadas. O nó é inevitável e normalmente o carro fica parado mesmo. Diferentemente das outras cidades, não há esquinas, nem prédios ao longo da via, o que proporciona uma longa visão de todo o trajeto parado. Desesperador e claustrofóbico. A cada 500 metros, aproximadamente, uma mudança de direção, um balão e a decisão da mão de trânsito. Passar pela via W3 e seguir em direção a quadras das 900 é como cruzar um rio cheio em época de chuva. Moisés quem diga!

Carlos Eduardo estava impaciente, olhava para fora do carro como se pedisse ajuda a outros motoristas. Revirava seus grandes e esbugalhados olhos e já como se fosse seu último suspiro exclamou em direção à motorista:

— Por favor, vó, tem como irmos mais rápido!? Acelera!

A vó já retrucou com olhar fulminante, paralisante e preciso.

— Pode parar! Não quero mais uma palavra e não adianta ter filho pela boca, não tem como eu correr, sei muito bem o que estou fazendo. Você vai chegar exatamente na hora que tem que chegar...

Os dois se entreolharam e disseram numa única voz... em uníssono.

— Tudo vem na hora certa!

Carlos Eduardo ainda tomou um suspiro, ajeitou os ombros como se fosse vestir um paletó e completou. Essa era a frase lema da avó dele, e sempre que era preciso ela o fazia lembrar!

— Eita! Hora comprida, vó! Mas vai chegar, né!?

Agora, sim, uma risada tomou conta do carro, fazendo com que os longos minutos finais se transformassem em segundos. A habilidade de tráfego da sexagenária avó foi determinante para o horário de chegada. Finalmente Carlos Eduardo havia descido do carro e corria para sua sala na Aliança Francesa, sala Alsace, fim do corredor à esquerda. Os passos largos de adolescente fizeram com que a distância, do estacionamento à sala de aula, fosse como daqui até acolá.

Na porta, pé ante pé, com um sorriso amarelo e tentando ser cativante, Carlos Eduardo bateu levemente na porta, pedindo permissão para entrar na sala.

Madame Thérèse continuou estática sem desviar o olhar, ajustando seu "Manetophone" para poder tocar a fita cassete já estrategicamente colocada no antiquado aparelho. Mesmo para aquela época, era quase um aparato retirado de um filme de ficção do Kubric.

A professora era uma senhora alta, rosto fino e cabelos, não lavados, nos ombros. Tinha um nariz pontiagudo e comprido, marcado com os traços da idade. Usava um par de óculos com uma armação retangular, fina e discreta. Os dedos manchados pelo uso abusivo de cigarro e a voz rouca assinalada como uma cicatriz vocal.

Perdendo a timidez, repetiu de modo mais incisivo o bater na porta, já dando um passo, mesmo que tímido, em direção ao interior da sala. Ambos trocaram um longo olhar e Carlos achou que já estava tudo resolvido e foi iniciando, em passos firmes, seu caminho em direção à cadeira de costume. A colega de classe, Rita, já estava sentada ao lado de onde ele já deveria estar havia muito tempo.

Era dia de teste, todos estavam ainda sem se falar direito. Uns lembrando daquilo que poderia cair na prova e outros com cara de desespero por terem acabado de se lembrar que havia um teste marcado. Silêncio total.

O jovem estava já quase lá quando um timbre rouco, numa clave de fá, ecoou pela sala:

— Carlos! Bonsoir! Monsieur est en retard, d'accord? (Carlos! Boa tarde! O Senhor está atrasado, certo?)

O coração dele deu um salto, acelerou de modo a congelar todos os músculos do corpo. Uma onda de frio iniciou percorrendo sua espinha em direção aos pés e, ao mesmo tempo, uma revolta iniciava na sua mente. Esse conflito foi o necessário para, segundos depois, ele conseguir esboçar uma resposta, que veio lá do fundo de sua pleura pulmonar, tomada de ar.

— Yes!

A professora foi quem ficou paralisada dessa vez. Estava de costas esperando a resposta, procurando um cigarro na bolsa, quando em seus anciões ouvidos franceses chegou um sonoro YES!

Ela aparentemente nem esboçou reação, mas, na verdade, dentro da bolsa, amassava o cigarro com as mãos. Lentamente virou-se na direção de Carlos, passando antes em revista os demais alunos, que permaneciam em silêncio, estupefatos com a inesperada resposta do colega de turma. Assim permaneceram. Rita trocou um olhar com Carlos, que ainda não tinha entendido seu erro e estava observando o olhar fumegante, quase uma artilharia, da professora.

Ela chegou perto dele e sem abrir muito a boca foi logo extraindo um raivoso som.

— S'il vous plaît, aidez-moi, répétez! (Por favor, me ajude, repita!)

Carlos tinha uma única certeza, de que esse era o momento em que ele poderia tentar arrumar tudo, corrigir o erro fatal e com isso ainda diminuir sua pena. Ele era um réu confesso, porém reincidente, o que não lhe ajudaria muito. Sua resposta era tudo ou nada!

— Je suis desolé... (Me desculpe...)

Um raio de luz parecia haver descido diretamente aos pés de Carlos, que, vendo a reação positiva de seu algoz, que facilmente esboçava o início de um sorriso gaulês, foi logo continuando...

— J'être en retard! (Eu estar atrasado!)

Como num rebobinar de fita cassete antiga, a professora recolheu o sorriso. Se fosse uma aeronave, teria arremetido o voo ali mesmo, sem pestanejar, despertando os passageiros em sono profundo. Foi a cena clássica de filme de suspense: silêncio, troca de olhares, vento nas árvores e uma música instrumental ao fundo.

Professora Thérèse ficou estática e começou a bater o salto de seu scarpin repetidamente no chão. O piso de cerâmica amplificava os estalos como castanholas nervosas. A mulher bufou, consertou no rosto os óculos, ajustou a coluna se pondo em riste e largou uma sonora resposta. Não foi alta, mas firme!

— Tu es Tarzan!? Tu es Tarzan!? (Você é Tarzan!? Você é Tarzan!?).

Antes que ele pudesse responder qualquer coisa, ela foi completando as lacunas do pensamento, mas dessa vez no bom e velho português, para que não houvesse dúvidas. Disse, com sotaque característico e olhando fixamente para ele, vistoriando com o canto dos olhos a reação dos demais alunos.

— Você vai ter que fazer o dictée (ditado) ao fim da aula. Não há como escapar.

Carlos estava desolado, e naquele momento a lembrança de como queria ter chegado a tempo fez com que lhe subisse uma mistura de revolta com raciocínio lógico. Foi abrindo a boca dando a entender que pretendia falar. Ela captou rapidamente esse desejo, interrompendo qualquer reação e já fazendo, de forma certeira, uma pergunta:

— Afinal, por que o senhor está n.o.v.a.m.e.n.t.e atrasado?

O Silêncio ficou estabelecido e o jovem estudante iniciou uma busca mental de como responder em francês, já na tentativa de poder assim dissipar todo o tsunâmi de sentimentos que havia sido derramado na sala de aula. Seu coração estava acelerado, respirou fundo e...

— Professeur, je peux être expliquer... (Eu posso ser explicar...)

O olhar certeiro da madame professeur foi já uma resposta, mesmo assim ela já com um cigarro nas mãos ressoou:

— Portugais! (Português!)

Nesse instante Carlos segurou firme os ombros para não se deixar abater pela trovoada e soube que a rodada final estava se aproximando. Mentalmente ele não tinha como encontrar uma resposta melhor e resolveu dizer o havia acontecido. "Que seja condenado pela verdade", foi o que passou pela sua mente.

— Professora, tive que deixar meu pai na emergência do hospital, deixamos no pronto-socorro e depois não sabíamos muito bem o caminho de lá até aqui. Eu vim com minha avó dirigindo e ela não conhece tão bem assim a cidade, sabe como é...

— Hospital?

— Foi.

— Sua avó? Ela dirige? Quantos anos ela tem?

— Sim, ela dirige... 75 anos. Não conseguimos falar com minha mãe e por isso minha avó me trouxe, ainda não sei bem o porquê...

Thérèse, que estava em pé no meio da sala, recuou dando dois ou três passos apoiando seu esguio corpo no tampo da mesa, mas ainda ficando de pé. Tirou os óculos do rosto e levou a haste esquerda, já com marcas dos dentes, à boca.

— Professeur...

— Shis, shis... fez a professora um som como se pedisse silêncio, e logo em seguida, puxando um sotaque típico e com uma voz branda, quase doce foi completando... — Você tinha que ter me contado logo quando chegou...

— Professeur, je...

— Shis, shis... Você errou em não ter vindo com sua avó até a porta ou ainda falado com alguém na secretaria...

— Professeur, je...

— Shis, shis... Vamos fazer assim: faça o teste, como todos os demais, e por hoje, mas somente hoje, não vai precisar fazer o dictée.

— Professeur, je...

— Shis, shis... Sente-se! Este assunto está encerrado.

Carlos se recolheu e foi diretamente para seu lugar ao lado da colega Rita, que já lhe lançava um olhar questionador. Ao sentar-se, ela já foi murmurando algo meio sem abrir a boca para que os demais alunos não ouvissem.

— Como assim? Seu pai está bem?

A vida às vezes nos oferece oportunidades que não temos como explicar. Há casos em que, mesmo sem buscar por uma saída planejada, o inesperado bate à nossa porta. Os otimistas talvez digam que sempre após a tempestade chega a calmaria. Já os religiosos provavelmente chamariam de reconhecimento divino em consequências das boas ações do dia a dia. Os incautos podem afirmar que a verdade sempre prevalece, ou ainda os oportunistas que o cavalo selado não passa duas vezes. O julgamento é muito pessoal e ninguém nasce com manual de vida ou guia de sobrevivência nas mãos. O fato é que Carlos, já sentado e fazendo a digestão mental de tudo que havia se passado, virou de lado e respondeu à sua colega de sala.

— A professora não me deixou falar. Meu pai é médico!

O profundo leito do rio

Brasília, 1º de setembro de 1991.

Chegando em casa, colocou a sacola plástica no sofá e os pés, já sem sapatos, na mesa de centro. Discou para o amigo. Na casa dele, não tinha ainda telefone sem fio e o telefone do quarto dos pais era mais moderno, de teclado, porém proibido de ser usado. O da sala era lento no girar do disco, tinha que ser uma ligação iniciada com muita paciência. Tic-tac... Tic-tac...

— Alô, Ericones, sabe o que acabei de fazer? Duvido acertar... — Esta chamada estilo mafioso italiano era inconfundível!

— Fala, meu irmão! Tranquilo!? Cê que não vai acreditar o que ganhei da minha madrinha!

— Pô, mas aí, tá mudando de assunto... — Ele estava doido para dizer, mas, antes que pudesse produzir algum fonema, foi interrompido pelo amigo.

— Vou te dar uma dica, meu irmão! Metallica...

— Putz, você está com disco novo? *Black Album*? Meu irmão... conta aí, já ouviu? Esta semana um chapa do IBI disse que o disco tá foooodástico! — Tinha até esquecido o motivo da ligação...

— Cara, tá muito bom. Vinil duplo, todo de capa preta e vem com a letra no encarte... tá massa, tô ouvindo direto, nem cheguei ainda no lado "B" do disco dois. Tu vai se amarrar, porra!

O silêncio foi interrompido por um barulho de abrir e fechar gaveta.

— Achei aqui.... uma fita 90 ferro extra fechada. Vou aí amanhã depois da aula gravar esse disco! — Essa não tinha sido uma pergunta tampouco um aviso, tratava-se de um comunicado mesmo. A amizade permitia isso.

— Tá beleza! Fica aqui a tarde toda, aí tu me conta como foi hoje... uma risada mais curiosa que debochada foi largada ao vento. — Mas, porra, o que você fez aí que foi tão especial?

— Bicho... peguei o telefone daquela mina do inglês hoje no intervalo da aula. Vou ligar daqui a uns dias para não ficar na cara que tô amarrado nela. Ligo de tarde, assim não tem risco de o pai atender...

— Boa... melhor tática, fugir do pai e irmão mais velho! Nem sei se tem, tem?

— Ela me disse que tem um irmão mais velho, cara do Grêmio Estudantil, nem fala com ela direito. Me falou que ele se acha muito inteligente para falar com ela... Sabe como é... — Quem nunca conheceu alguém assim que atire a primeira pedra.

— Putz, sei como é... tenho um primo assim... Ele acha que sabe tudo, falou com todo mundo e que sou uma besta quadrada! Fooooda! Deve ser estilo Grêmio também. Mas, porra! Liga logo para ela!

— Vou ligar e pronto! Pai dela parece ser osso duro de roer, foi mandado embora do governo, aposentado antes da hora, sei lá de onde... E putz, sabe, esse lance de preço alto e megainflação, o bicho pega com todo mundo, e os caras continuam na mesma, pegando nossa grana no banco e andando de gravata na praça dos três poderes. Pai dela tá puto com isso e sem grana e aí fica direto em casa, mas vou tentar mesmo assim. Ele gosta da marcação cerrada homem a homem! A mina já me disse que ele tem cara de bravo aposentado. Tô preocupado com isso.

E... cara, ela é massa. A Renatinha é do rock também... pegada do rock mais progressivo, tipo Floyd. Tô achando bem legal isso.

Muitos não tinham conseguido escapar da guilhotina do governo. Os tempos eram de aflição, inflação, e sem poder fazer plano algum. Os cinquenta mil não faziam diferença e a corda arrebentava sempre. Porém essa cruel realidade era para os jogadores da vida real, e não para quem ainda estava na arquibancada, longe do banco, distante do campo e ditando as regras do jogo.

— Cara, mas foge de ficar horas falando com o pai dela... vai por mim... logo vai te perguntar o que você pretende fazer no vestibular, qual faculdade... esses lances... Pô, aqui em casa minha mãe tá tranquila, mas meu pai fica dando umas indiretas para fazer odonto! E te falo, meu irmão... vestibular tá muito longe ainda... na real!

— Nem me fala, Ericones, tá longe mesmo... Tô achando que vou para exatas, mas ainda não sei direito... Agora, penso mesmo é na Renatinha... uma rockeira linda! Cabelão e óculos de grau. — Os dois ficaram em silêncio como se os pensamentos fossem ainda mais ousados e barulhentos. Ao fundo o LP do Metallica rodava e rodava.

— Cara, seu pai não te empresta a camionete dele, não? Ou então seu irmão pode pegar o carro e ir com a gente?

— Meu pai? Ficou doidão? Bicho, meu pai tem muito ciúme da camionete dele, se ele desconfiar que estou dormindo e sonhando que dirijo ela, é capaz dele me acordar na cama! Não tenho carteira também, né! Ele nunca deixaria, mas posso chamar meu irmão... o que você está pensando? — A pergunta feita fazia parte de um rito processual quando um amigo tem um flerte novo...

— Pô, tô querendo armar de sair com ela, quem sabe ela tem uma prima ou uma amiga... Vamos no cinema. Seu irmão poderia levar a gente! Convence ele aí... fala que você lava o carro depois! — A risada escutada era de apenas um lado da moeda, ao passo que o outro ficou analisando silenciosamente os riscos e benefícios.

— Eita, aí você começou a dar uma boa ideia... Gostei disso — Mentira! Ele não pretendia lavar carro algum, mas resolveu não dizer para não estragar a pesca. — Bora ver Exterminador do Futuro 2, trilha sonora do *Guns*... será que elas topam? Filme tá massa! Bora, meu irmão, aceleeeeeeera esse trem! Vamos no cine Márcia... se der zebra com meu irmão para buscar, a gente vai para a rodô e volta de baú!

O plano parecia perfeito e não tinha como dar errado. Tempo de bons e infalíveis programas, tudo na base da mesada, aula particular e doação anônima de avós e tias como presente de Natal ou aniversário. Hormônios em ebulição.

— Cara, nem liguei para ela, não convidei e nem sei se tem amiga... Mas vamos seguir o combinado, fala com seu irmão! E... pô, tô me amarrando no som mesmo... aumenta aí... logo meu pai vai mandar eu desligar o telefone aqui... "Telefone está muito caro, pelo menos fala com a luz apagada." — Este discurso estava quase sendo ouvido. — Vai ser massa gravar essa fita! Combinado?

— Beleza, combinado! Se a sua Renatinha não tiver amiga, vou falar com a Manu da nossa sala... Adoro aquele sorriso de aparelho... Ela curte Van Halen, vai ser massa também.

Ambos olhavam para as janelas abertas, perdidos nos pensamentos, desejos e planos. O assalto perfeito ao banco havia sido inteiramente planejado. Nos mínimos detalhes.

Brasília, 1º de maio de 2000.

Desligou o Fiat 147 e foi para o quarto. Celular estava com a bateria em 15% e precisava ligar com o carregador na tomada. Agia contra os conselhos da avó, que diziam que celular pode explodir na tomada e que cachorro pode atrair raio na chuva de verão. Melhor não duvidar de conselhos de avó!

— Ericones! Acabei de comprar o CD novo do Metallica lá na loja do Conjunto! S & M, Metallica com orquestra sinfônica! Vim ouvindo no carro, tá bem interessante. Mistura do som da banda acompanhada com uma orquestra sinfônica... maestro fez uns arranjos também, coisa nova e boa!

— E aê... bicho! Meu irmão, eu vi a capa, tá legal também. Tronco do Hetfield com a guitarra... Ficou bruto! — Capa de disco sempre foi um assunto preferido dos dois, toda uma ciência camuflada nesse tipo de discussão, na maioria das recentes vezes, com cerveja gelada. — Mas tô meio puto com os caras, porra, depois que cortaram o cabelo!

— Pois é, tô sabendo... Bruce, do Iron, também cortou... galera tá ficando velha... — Antes de completar, foi interrompido pelo intrépido amigo do rock e de escola.

— Porra nenhuma! Steve Harris, Brian May, tudo com cabelo ainda... sei não, isso para mim é ceder ao mercado. Tudo virando playboy! — A história é cheia de tomadas de decisão polêmicas e controversas e os dois adoravam esse tipo de assunto.

A risada foi generalizada.

— Você está parecendo marido traído, meu amigo! Ericones, tenho que confessar, tô pensando em fazer o mesmo, em alguns meses vou me formar. Na área de computação, com cabelo curto, pode ser mais fácil e seguro para arranjar emprego cedo. Por falar nisso, tu vai na minha formatura, né?

— Fala sério? Vai cortar mesmo?

— Tô pensando...

— Traidor do movimento... — Falou isso, mas pensou que ele poderia ser o próximo, pois também ia se formar no ano seguinte. — Sei se vou na festa não. — Ele foi, é claro. — Manda o convite que tento me organizar, vejo o terno para alugar.

— Tem que ir, porra! Beleza, eu aviso... — Escutou o som seco e estalado de um abrir de lata.

— Saúde! Para sua formatura! — O gole foi alto e parecia que havia sido dado com muito gosto e sede. — Por falar em formatura, advinha quem eu vi na colação de Grau da Manu?

— Sei não, Ericones, quem?

— Renatinha... cara, ela tá ainda mais linda. Fez umas tatuagens maneiras, mesmo cabelão de sempre e óculos. Mas estava com um mané a tiracolo, estranhamente ele tinha cara de almofadinha... — Ele adorava usar esse termo, porém não era sempre que podia.

— Sério? Meu irmão, tem uns seis anos que não falo e nem vejo ela. Ela te viu, falou com ela?

Os dois puxaram um fio de lã, agulhas e parecia que iam fazer realmente um tricô saudosista. Hormônios ainda em ebulição.

— Não falei, nem quis, estava com a Manu, lembra que as duas se estranharam, né, acho que ainda tem um ranço desde aquela época. Até hoje não entendi direito o que aconteceu. — Os ponteiros do relógio foram retrocedidos. — Manu ficou sabendo que o irmão dela virou deputado federal, aí que ela nem ia querer falar mesmo com ela! Lembra? O cara ficou famoso na época dos caras-pintadas e estava com ela também, reconheci o nobre amigo de longe. Deixei de lado, mas tinha que te falar... Pô, meu irmão, ela estava lindona!

— Lembro dessa briga delas, esquece... que pena, Renatinha... Com o irmão dela eu não falaria também não. Ele deve continuar se achando que entende mais de história que todo mundo, porém vive num mundo de faz de contas. Pô, meu irmão, mas com ela, não sei... — A areia da ampulheta parecia descer com um som ensurdecedor. Ericones resolve dar outro gole para finalizar a lata e poder mudar de assunto, sem querer tinha aberto um livro empoeirado do amigo.

— Você já tem planos para depois de formado? Vai continuar no estágio? — Esse pareceu ser um tema mais apropriado, além de sério, tinha uma curiosidade verdadeira na indagação.

— Não vou continuar. — A resposta ainda era vaga. — Tô pensando em abrir uma empresa de aplicativos ou fazer mestrado... ou ainda os dois. Mas os professores da faculdade não gostam de quem trabalha, tudo tem que ser com bolsa, isso prejudica eles na avaliação do CNPq. Não quero ser apenas um número e uma citação para eles num outro trabalho. Você sabe que a pesquisa acaba sendo para eles fazerem carreira, e não para desenvolver realmente alguma coisa...

Ouviu-se uma risada misturada com um arroto. — Foi mal! Tu vai pesquisar sobre as abelhas do norte da África do intestino amarelo que uma vez a cada quatro anos polinizam as flores azuis de três pétalas?

Muito importante, CAPES vai adorar pagar essa bolsa aí?! — Os dois riram profundamente durante uns segundos e, tal qual a pedra na água, a risada foi se dissipando e sendo trocada por um ar de reflexão moral.

— Fala sério, Ericones, mas é por aí mesmo, por isso acho que o melhor é abrir minha empresa e fazer mestrado numa faculdade particular. Pesquisar por alguma coisa que ajude o mercado, ajude realmente as pessoas e não que ajude a carreira de alguém. — Não havia sido um comentário, e sim um triste desabafo da realidade.

— Meu irmão, esquece isso... Nenhum professor vai pensar em você, esquece! Vamos estudar para um concurso. Tô acompanhando uns cursinhos aí... assim que me formar, já vou focar nisso. Fazer meu pé de meia e ter estabilidade. Vida que segue. Eu e a Manu estamos cheios de planos, prefiro não arriscar. Melhor pingar do que secar! — Esse lema ecoou como um mantra.

— Tu vai ficar carimbando o dia todo, tá sabendo, né? — Ele havia prometido a si mesmo que não iria mais dizer isso a ninguém, um assunto polêmico. Todavia, a amizade permitia isso.

— Tô sabendo... Vou ficar estavelmente feliz e carimbando o dia todo.

Brasília, 10 de abril de 2020.

Chegou. Foi rapidamente retirando o sapato para calçar o chinelo de dentro de casa. Tirou a máscara depois de entrar e passou álcool em gel logo em seguida. Deixou uma sacola de compras no chão para depois higienizar o saco de amendoim e as latas de cerveja. Queria botar para gelar o mais rápido possível. Colocou as máscaras penduradas no porta-chaves. Apressou o banho para depois fazer um comunicado importante.

— Ericones?! Tá em casa, pode falar um minuto?

— Faaaaaaaaaaaaaaaaala, meu irmão! Tô em casa. Claro que posso! Tudo bem?

— Tudo. Quero te contar um lance que descobri hoje.

— Lance, o quê? Desembucha, amigones! — Continuavam os mesmos mafiosos de sempre.

— Bicho, Metallica vai liberar uns shows no YouTube, gratuito, para a galera passar melhor o *lockdown*. Será toda segunda, às 20:00. São shows gravados durante as turnês já feitas, nada de novidade, porém será uma companhia boa. Cada segunda um show novo, um encontro novo. Muito doido esse negócio de pandemia.

— Sério? Vou ver! É hoje... massa! Peço para a Manu ficar com os meninos, eu assim consigo ver, vou ajudando, mas se precisar ela assume hoje. A gente faz tudo em parceria aqui em casa...

— Muito legal essa parceria, eu já não preciso desse cuidado todo. Minha filha já tem 10 anos. Pois é... eles disseram que é para vencer a angústia de ficar em casa... A gente não sabe ainda quando teremos uma vacina... Acho que vou ver muitos shows nas segundas à noite. Pô, podemos combinar de ver juntos...

— Como assim? Tô em casa direto, não rola...

— Também tô, mas vamos ver on-line, juntos... cada um na sua casa. Tomamos uma cerveja, comemos um amendoim, vamos teclando e comentando. Já tenho meu estoque preparado. Show on-line juntos...

— Show on-line juntos? Essa é boa! Tempos modernos de Chaplin!

Os dois deram uma risada mafiosa e saudosista.

— Quer dizer que sua filha não está com você? — Ficou com receio de perguntar, mas o verdadeiro amigo também divide um prato de sopa apimentada.

— Cara, não está! Elas estão na casa dos avós. — "Quero ter minha liberdade e não depender de ninguém...", lembrou desse discurso de campanha política, do dia da separação e soltou uma risada irônica. — E com a pandemia instalada, não posso ir visitá-la por medo de contaminar os avós, porém ela poderia ter ficado comigo, né? Mais uma vez, o cooperativismo fazendo do pai um vilão, "Homem não sabe cuidar de criança, melhor ficar com a mãe". Sabe como é...

— Calma, meu irmão, isso vai passar. Concordo com você, de que seria muito melhor estar perto, e você está sozinho em casa, seria mais fácil mesmo. — O amigo queria dizer muito mais, porém preferiu recolher o trem de pouso e adiar o pouso forçado. — Seus pais iriam gostar muito dessa neta, meu amigo, tenho certeza.

— Ericones! Penso muito nisso. O desenlace da morte prematura, o rompimento, tudo isso é uma experiência e tanto de vida! Faz criar um calo no coração! — Momento filosófico! Em silêncio, o companheiro apenas se lembrou das vezes que dividiram os sonhos e as tristezas. DNA da amizade era longo e realmente enrolado. Antes que o telefonema se tornasse uma sessão de terapia, pegou um divã gelado e abriu! O som seco e estalado se fez presente. Um sorriso verde capim-limão tomou conta dos rostos deles.

— Um brinde à nossa amizade! — Pega uma aí também para bebermos juntos. Traga também o amendoim. — A adaptação era a melhor saída nos dias de hoje.

Os dois deram um gole alto repleto de lembranças e sede.

— Mas... Ericones, os meninos estão bem?

— Meu irmão... os dois moleques estão com a corda toda... tô ficando maluco. Ainda bem que tenho uma parceira de verdade, Manu é uma supermãe. Eu também faço minha parte, a gente divide as tarefas, mas às vezes ambos ficam de paciência curta e exaustos. Troca de fralda, choro, mercado, mamar... almoço, banho. Tudo ao mesmo tempo. — Soava como um desabafo no divã gelado de cevada. A amizade permitia.

— Cara, mas isso é que é ser casal. Faz parte! Fico feliz por você... Vamos brindar! — Ambos estavam no mesmo divã. — Quando se envelhece e tem problema de saúde, a gente vê como esta força de união faz falta, vai por mim... e não é só nisso, nas coisas boas também. Viver junto tem flores e cactos, mas todos no mesmo solo fértil.

— É, bicho, o tempo apaga as feridas e faz entender muita coisa! — Realmente, o momento era de filosofia e reflexão. — Tudo se resolve, meu irmão, você vai ver. Merecemos mesmo este brinde!

— Resolve, tenho certeza disso, absoluta. Tão certo quanto o pôr do sol! — Ambos riram.

— E eu já tenho a prova disso. Nunca vai acreditar numa coisa...

— Diz logo, porra!

— Depois de resistir muito, influenciado por um primo, entrei nestes aplicativos de encontro. Agora na pandemia, não saio tanto e não tenho tido muitos matchs, mas...

— Putz, mas o quê? Quem você encontrou?

— Advinha... — Ele não aguentou deixar o amigo mafioso responder. — Renatinha...

O silêncio entrou na conversa como um participante. Os dois retrocederam alguns anos e as lembranças de tempos passados foram acessadas. Um sorriso discreto nos lábios indicava que os arquivos eram bons e completavam de algum modo a vida, mesmo com percalços e desvios.

— Não acredito! Tá vendo aí, o universo ajudando você! Nada como um dia após o outro. Vocês estão se falando? — Tinha que perguntar, ficou com receio do amigo fazer desse tema um segredo revelador num outro momento de divã gelado.

— Estamos. Eu puxei assunto bem discreto. Ela me disse que está sozinha e separada. Pai da criança deixou eles, relação não deu certo mesmo. Mas o assunto ficou mais intenso depois que ela falou da prisão do irmão.

— Amigones! Esse cara nunca me enganou. Foi acusado de improbidade administrativa, condenado por receber uma grana preta de uma construtora. Nenhuma novidade palaciana. Pelo que soube, foi eleito o pior político no ranking de uma revista especializada. Meu irmão, ainda temos muito o que aprender. Quanto mais jovem for nossa liberdade, mais erros podemos cometer, infelizmente.

— Cara, ela ficou bem arrasada, pelo que me disse não falava mais com ele, deve ter descoberto bem antes essa podridão toda. Interessante que esse assunto nos aproximou, pois resolveu desabafar comigo. Eu sempre achei esse irmão dela capaz de fazer essas coisas, por isso nunca me aproximei dele. Tivemos uma amizade superficial. Mas veja que ele soube fazer da política uma profissão bem rentável, como era de se esperar. E agora ele nos aproximou.

O amigo entendeu de modo claro e subliminar que ele provavelmente sabia de mais coisas e resolveu não perguntar. Viu claramente que poderia estar presenciando o nascimento de uma boa fase ou ainda pelo menos bons momentos. Deixou que o colega retornasse ao tema, se fosse apropriado.

— Pena que essa pandemia apareceu bem agora... você não vai poder chamar para sair e tomar uma cerveja cara a cara tão cedo. Na verdade, não sei como tu vai resolver essa parada!

— Pois é, bicho... mas sabe que estamos num papo bom? Acho que estamos resolvendo isso. Não toda hora, mas, com tempo, retomando o assunto. Contando e atualizando as coisas. Tem sido uma reaproximação pelas palavras e sentimento, e não pelo tato e olfato. Não vou te contar tudo agora, mas, cara, ela me fez pensar em muitas novas perspectivas. Acho que estamos aprendendo um com o outro. Os hormônios voltaram a aquecer.

— Vixe... vejo que esse lance tá melhor que eu imaginava. — O amigo se sentou reconfortado no sofá e pegou um punhado de amendoim que, mastigando concentradamente, servia de ponto de fuga para reflexão. — Acho que você deve fazer o que sua intuição mandar. Vai com calma e deixa fluir, como num rio. Não deixe que os galhos das margens impeçam você de seguir.

— Não sabia que você era autor de livro de autoajuda, amigones! — A oportunidade era perfeita para lembrar os bons tempos de brincadeira mútua. — Vou seguir seu conselho, estou seguindo, na verdade. Já conectou aí? Acho que vai começar o show...

— Autor eu não sou. — Pensou se ele daria jeito para isso, será? — Mas garanto que as pancadas da vida ensinaram muita coisa. Tipo Darwinismo e Lamarck! — Os dois riram alto, tão alto que Manu, do quarto, pediu silêncio.

Por mais que o tempo passasse e os afazeres da vida levassem cada um para a navegação em oceanos diferentes, o continente seguro era sempre o mesmo. A amizade. Por isso, o riso era solto e as palavras sinceras ajudavam a cavar mais ainda a reflexão. Lorde Shaftesbury ficaria orgulhoso dos discípulos da teoria do alívio.

— Manu tá ouvindo aqui... pediu até silêncio! Já começou a transmissão... Pega sua cerveja aí que estou guardando um lugar para você na arquibancada. Show do Metallica, meu irmão!!! — Colocou os pés cruzados numa mesa de centro e riu, dessa vez mais comedido.

— Ericones! Vou buscar a nossa cerva bem gelada, levo para você. — Deu uma risada. — Mas guarde dois lugares, a Renatinha vai ver com a gente!

Por debaixo da lona

I.

Meu avô era uma pessoa diferente mesmo. Adorava boa música, não bebia nada de álcool e tinha a barba feita com muito esmero. "Meu neto, barba feita é sinônimo de banho tomado." Gostava de dizer isso para mim, que ainda engatinhava no quesito barba e lâmina. Estava com catorze anos completos, repletos de muito hormônio e sono. Espinhas na testa e uma mudança de voz significativa, desafinando e faltando som.

Eu gostava de passar momentos com ele e acho que soubemos construir boas lembranças. Sempre mato saudade recordando as experiências que tivemos um ao lado do outro. Os amigos que me apresentou, os passeios que fizemos e as nossas boas conversas.

Ele que me deu uma linda bicicleta dobrável de Natal. Me senti todo importante e adorava passear na rua tocando a buzina metálica. Meu avô ficava na varanda da casa observando meu vaivém lendo seu jornal preferido. Claro que um tombo foi inevitável e eu o fiz me prometer que iria soprar na hora de passar Merthiolate nas feridas abertas nos joelhos. Meu choro não foi de dor, mas de pena de ter arranhado a pintura vermelha perfeita da minha máquina.

Meu primeiro livro de romance infantojuvenil foi ele que me deu, com dedicatória e tudo. "Um capitão de quinze anos". Num passeio ele me disse como esse livro ia ser divertido e que todo ser humano tem que se dar a oportunidade de conhecer a mente inventiva de Júlio Verne. Me lembro que nessa noite a lua estava cheia e caminhávamos com os pés ora na água, ora na areia da praia. Ele terminou seu discurso citando o mestre francês numa máxima que adorava:

— "Tudo que um homem pode imaginar, outros homens poderão realizar." Siga isso para sua vida, meu querido neto. — Eu tentei seguir. Para poder colocar isso em prática, eu realmente ficava com ele todo o tempo que me era permitido.

Costumávamos dar uma volta na praça e parar na banca, onde ele me comprava um gibi nacional e uma garrafa de refrigerante de guaraná, pois, na opinião dele, eu tinha que valorizar as coisas do Brasil e beber algo que viesse da fruta. Até hoje continuo bebendo esse refrigerante, mesmo com o sabor tão diferente de como era antes. Talvez fosse sempre ruim, mas o sabor de infância das comidas as torna saborosas e, ao longo do tempo, são inesquecíveis. Adorava ficar de papo com seu Pedro, o dono da banca. Um homem que vivia de camisa de manga curta e com as mãos suadas. Minha personalidade de adolescente detestava cumprimentá-lo na hora de ir embora. Achava nojento ficar com minha mão molhada de suor, até hoje acho, mas não comento com ninguém. Nem sei dizer por que resgatei isso e acredito que posso falar dele em outra oportunidade, não há por que desviar a atenção do leitor. De qualquer modo, foram bons tempos. Ainda são e contando isso neste exato momento já me sinto como se estivesse novamente perto do meu adorável velhinho. Quantas coisas boas fizemos juntos!

Uma delas foram os ótimos passeios.

Fomos um dia ao circo que visitava a cidade. Aquele senhor adorava esse tipo de evento. Tenho uma convicção de que era porque, sendo mais velho que minha avó e nascido antes da Primeira Guerra Mundial, uma das diversões durante a infância dele era essa. Ir ao circo. Se fosse um avô de hoje em dia, talvez me levasse ao cinema, ou quem sabe ao clube. Sentaríamos perto de uma mesa e eu ficaria ao celular e ele tomaria cerveja com os amigos aposentados da repartição, comendo frango a passarinho.

Importante eu ter lembrado desse passeio, pois vai explicar com mais propriedade um julgamento que tive de fazer tempos depois. São os ensinamentos que não sabemos que temos até quando os resgatamos. Com absoluta certeza, você já teve um dia em que recuperou algo na vida que, quando aconteceu, foi simplesmente mais um dia, longo e comum. Porém hoje é motivo de dizer: "ainda bem que aconteceu".

O circo estava instalado num estacionamento de um centro comercial da cidade. Era enorme, ainda acho que era, mesmo alguns anos depois. A lona com quatro torres e nas cores da bandeira do Brasil. Lâmpadas desciam até o chão fazendo da cobertura um show que me fez ficar mudo no primeiro contato. Fiquei encantado com os caminhões estacionados ao lado e todas aquelas coisas que nem sei o que eram, ferros e cordas. Era minha primeira vez num espetáculo desses. Nunca perguntei por que meu pai não tinha me levado antes, tenho minhas suspeitas, porém jamais foram confirmadas. O tempo me fez esquecer de perguntar e acabou apagando as pegadas.

Meu avô falava com todo mundo, cumprimentava e me apresentava. Hoje entendo ele, e sei que naquele instante era também o momento de ele desfilar com o neto. Confesso que para mim não foi nada agradável falar com um e com outro. Ouvir as mesmas perguntas e receber tapinha na cabeça me congratulando pela altura. Pegamos um bom lugar perto do picadeiro. Sentamos e comendo pipoca misturada de sal e doce — aquelas rosadas — apreciamos o espetáculo. Foi dessa posição, ali, bem pertinho, que tive uma experiência fantástica que mudou minha vida, agradeço ao meu avô, pois vi naquele dia algo de muito diferente.

Me lembro agora dos detalhes. Se me esforçar, sou capaz de até dizer que música tocava antes de tudo iniciar, contudo dizer isso neste momento não vai contribuir em nada. Talvez esteja até mesmo citando isso para não falar logo de cara, me preparando para encontrar as palavras certas. Naqueles dias isso tudo foi muito importante e pensei sobre isso algum tempo depois. Tempo não, meses! Lembrar disso agora e compartilhar com você, caro leitor, demonstra para mim mesmo que talvez tenha sido realmente importante.

Chega de enrolar e enxugar gelo. Direto ao assunto.

— Meus queridos, vamos agora chamar o incrível mágico, o Grande Cavendish e sua linda assistente.

O Grande Cavendish foi totalmente apagado pela presença magnífica e, por que não dizer, mágica, da assistente. No meu olhar, ele ficou é bem pequenino. Ela era alta, longas pernas numa meia arrastão preta (naquela época eu nem sabia o que era, chamei de meia de rede, quando contei da presença dela aos meus primos), uma saia até os joelhos com cabelos negros cacheados. O batom vermelho me marcou muito, mas o belo sorriso que os lábios guardavam foi o que tocou profundamente meus hormônios armazenados. Lembro-me, ainda, do nome dela, que o mestre de cerimônia havia dito, mas não desejo registrar aqui neste relato. Acredite que não para deixar o leitor curioso, mas única e exclusivamente para proteger a minha musa.

Com certeza, meu avô percebeu que fiquei embasbacado e em silêncio. Recebi dele um tapinha nas costas seguido de um aperto no meu trapézio. A risada dele me fez crer que tinha realmente captado o momento particular que eu vivia. Adolescentemente eu fingi que nada aconteceu e segui, não tão tranquilamente assim, assistindo ao número.

Nenhum número de mágica seria completo se não tivesse o momento de chamar alguém do público. Nessa hora fiz um movimento e meu velhinho me cutucou como que incentivando a ir. Fui junto com outro menino e disputamos a vaga. Ele era um neto também e vi no caminho que seu avô aplaudia de entusiasmado e falava de longe com o meu. Descobri depois que eram amigos de banca.

Esse menino não poderia ser nunca melhor que eu. Estava de bermuda e sapato de couro, impossível ser o escolhido. Tinha a testa bem mais explodida que a minha e lhe faltava um dente no canto da boca. Definitivamente não era páreo para mim e minha autoestima galanteadora. Ouvindo essas palavras montadas em tamanha soberba, o leitor pode até achar que eu era o sucesso da escola. Longe disso, anos-luz longe. Todavia, sempre fui um conceito unânime da minha avó, madrinhas e mãe. Isso já me bastava para dar passos galanteadores e firmes.

Quis o imponderável destino que o desgraçado do meu oponente chegasse antes de mim. Eu até que gostaria de usar outra classificação, mas não quero que o leitor, devido aos meus adjetivos pesados, tome partido contrário ao meu. Além do quê, já faz alguns anos e minha raiva está mais diluída, não completamente, porém esparsa. Foi coisa de dois ou três passos. Tempo suficiente para ele ser o escolhido.

Ainda tentei argumentar com um olhar desesperado e apesar disso fui inteiramente convencido quando ela pegou na minha mão e no meu ombro. Aproximou-se do meu ouvido e, com uma doce voz, me disse: "Fica para a próxima, gatinho". Era isso que eu precisava registrar no cerebelo. Guardado até hoje. Sim, ela tinha reconhecido minha superioridade frente ao meu rival e pude ver esse fato, na despedida deles depois do número.

O menino saiu com um prêmio na mão, satisfeito. Ele tinha alcançado um regalo que ia se perder empoeirando no tempo, ao passo que eu havia conquistado um coração arterial. Claro que o leitor tem todo o direito de não concordar comigo, mas um adolescente sempre tem razão aos olhos de seu espelho. Caminhei vitorioso ao meu assento e fui recebido por meu avô com um refrigerante de guaraná para cada um de nós.

Assisti de longe, mas com a mente perto. Pensando a todo instante em poder falar mais uma vez com aquela deusa. Não cheguei a conclusão alguma, naquele momento. O leitor ainda vai poder opinar e dizer se tive sorte ou não. O quadro foi substituído por palhaços sem graça alguma. Roupas largas e o bigode volumoso de um deles não tinha nada a ver com maquiagem de palhaço. Nunca entendi direito como um palhaço poderia usar tal bigode.

— Muito obrigado pela presença de vocês, agradecemos com nossos corações já cheios de saudade.

Fim do espetáculo. Vazio no coração.

Fui para casa pensando naquele sorriso. Concordava com tudo que meu avô dizia, nem lembro quais foram as palavras, minha mente caminhava por outros lugares. Me convenci de que deveria encontrar com ela, e dizer pelo menos como era bela, falar de mim. Tinha um plano meticuloso, tão meticuloso que era perfeito e nas primeiras horas do dia ia pôr em prática.

II.

Passar as férias na casa dos meus avós sempre foi algo de que eu gostava muito. Além da extraordinária companhia do meu avô, fiz, ao longo dos anos, muitas amizades com a molecada da rua. Eu e meus pais adorávamos esse período de estadia. Somente quando me tornei pai é que entendi o verdadeiro motivo pelo qual eles pareciam sempre mais empolgados do que eu.

Assim que foi possível, peguei minha bicicleta e fui diretamente para a casa de um colega convocá-lo para uma missão secreta. Claro que ele riu de mim e fez pouco caso dos meus sentimentos, mas não negou a companhia. Hoje, quando lembro disso, sei que ele foi comigo para poder zombar de mim, o que faz magistralmente até hoje. Fomos pedalando lado a lado, o que me ajudou a explicar em detalhes o meu plano.

Passamos por um buraco na tela da cerca e continuamos pelo estacionamento até avistar a lona do circo. Sorrateiramente encostamos a dobrável e a Monark numa carroceria de caminhão e fomos em busca do mais belo sorriso. Meu amigo confiava no meu gosto, mas queria colocá-lo à prova a todo custo.

Caminhamos desapercebidos. Havia outras crianças que pareciam também fazer o mesmo. A cada trailer parávamos disfarçadamente e tentávamos olhar pela janela. Foi quando ouvi gritos de discussão, sem poder realmente entender o que era dito. Olhamos e, nesse mesmo instante, vi um bater de porta bruto, o som da despedida. Minha adorável assistente saiu pela porta e pude mais uma vez admirar a mais bela flor da trupe. A reação que tive foi ficar em silêncio e cutucar meu amigo. Ambos ficamos admirando a beleza dela, que foi distorcida pelos gritos que ainda ouvimos de dentro do trailer. Ela sentou meio de lado numa banqueta e começou a chorar.

Por mais que fosse um momento de lágrimas, guardo com carinho. Para mim, até hoje, ela era linda. Uma musa, uma recordação de batidas fortes do coração. Foi assim que registrei esse episódio.

O choro dela pareceria doído. Era discreto, porém audível a dois admiradores. Ficamos observando e tive um impulso de ir, fazer não sei exatamente o quê. No primeiro passo, fui detido por meu amigo. Resolvemos disfarçar nossa presença entrando numa fila qualquer e fiquei, tal qual um sonar, buscando acompanhar o que ela fazia.

A aflição dela foi sumindo e ela simplesmente levantou-se, muda e linda. Entrou no trailer e bateu a porta. Fomos obrigados a sair também. O papo rendeu ainda algumas horas na porta da casa de meu avô e o companheiro de missão ficou me chamando de Romeu, apelido que carrego até hoje e para o qual procuro inventar sempre uma origem diferente para quem me pergunta. Fizemos mil e uma teorias, planos e soluções. Ele também estava convencido da beleza dela.

Na tarde seguinte, fomos acompanhar meu avô na banca e, depois de um guaraná, foi meu avô quem teve uma missão dada a cumprir pela minha avó. Paramos na farmácia e ele ficou nos contando quais eram as vantagens e desvantagens da vida de casado. Parecíamos dois estagiários de plantão.

Na fila recebi um cutucão do meu amigo, que em silêncio me fez ver nossa musa. Meu avô percebeu tudo e nos disse que não era para termos pressa em pôr em prática o que ele havia nos ensinado. Ignoramos por completo. Nossa musa estava a menos de três ou quatro passos à frente. Estava acompanhada por um sujeito que falava alto e gesticulava, parecia grosseiro e bruto com ela. Até o mestre que nos ensinava notou a cena e fez comentários contidos.

Aquele homem destoava da bela companhia. Era um acorde errado numa bela canção. Não se encaixavam. Ele continuava a dizer alto e às vezes eu tinha a impressão de que empurrava minha modelo quando a fila andava. Era rude, porém sabia o que fazia. De tempo em tempo, olhava para trás, buscando se havia uma plateia. Estava acostumado a isso. Reconheci na hora aquele volumoso bigode. Além de bruto e grosseiro, era um palhaço sem graça. Escondia-se na maquiagem e, pelo visto, sua verdadeira face era revelada sem ela.

A assistente do Grande Cavendish estava a poucos metros. Usava o mesmo batom e desesperadamente parecia querer sair dali. Ficamos todos quietos e meu avô continuava com seu olhar de repreensão da drástica cena que via. Foi até motivo de comentário na mesa do jantar depois.

Nisso tudo a dama, queira o leitor me permitir chamá-la assim para que não pareça que estou tomando partido na minha narrativa, batia repetidamente uma fina caixa nas suas próprias pernas. Vi depois que era o que ambos estavam comprando e o palhaço (acho que prefiro denominá-lo desse modo) saiu reclamando da fila, depois de pagar, quando o caixa fez um comentário ao devolver a caixa. "Espero que o resultado seja o que desejam."

Reclamou tanto e disse algo que não compreendi. Foi tão fora de si que as pessoas na farmácia ficaram incomodadas. Olharam umas para as outras e pareciam ter vontade de ir lá dizer ou fazer algo. Eu e meu amigo apenas tínhamos olhos apaixonados para o desfile de modelo que víamos na passarela da loja. Queria ajudar, mas não tinha a mínima ideia de como fazê-lo.

Meu avô ficou rindo do comentário do caixa de modo discreto e eu e meu amigo não entendemos nem a metade da missa. A volta foi em silêncio, quebrado, de tempo em tempo, pelos argumentos do meu avô sobre o clima e o que ainda pretendíamos fazer nas nossas férias. As melhores e mais apaixonantes férias de nossas vidas.

Uma coisa era certa: tínhamos uma nova missão no dia seguinte e desta vez pretendíamos não falhar em nossa abordagem. Mais um daqueles infalíveis planos de meninos de catorze anos. Nem sempre o que se deseja é o que acontece, quase certo que nunca é assim. Meu avô costuma me dizer que uma das coisas importantes é saber diferenciar o sonho da realidade. Talvez tenha iniciado o entendimento do que ele dizia quando eu e meu fiel escudeiro chegamos no dia seguinte ao objetivo de nossa missão.

A fogueira tinha sido apagada. Ficamos parados ao lado de nossas bicicletas, observando o vazio do estacionamento. Ambos mudos, com o olhar no vazio, perdidos. Sem vestígio, nem rastro, a lona havia partido.

III.

Ainda volto a passar as férias na mesma cidade. Já não sou mais neto e aprendi a ser pai. O tempo levou meu avô, a banca já não existe mais e eu continuo gostando de guaraná. Minha filha adora vir passear na casa da minha sogra e brincar com o filho do meu amigo, que permanece maliciosamente me chamando de Romeu. Sou pai e treino todo dia para quem sabe chegar a ser avô.

Vou poder finalmente explicar ao leitor por que a vida constrói degraus e que, com passadas firmes, subimos a trancos e barrancos. Justificar minha decisão e deixar aqui as cartas para que seja julgado.

Estava sentado na varanda de casa quando minha filha entrou correndo, sendo seguida por um amigo de infância que trazia nas mãos ingressos para um evento em família e amigos. Íamos todos ao circo. A chance para as esposas descansarem.

Enquanto esperávamos as crianças ficarem prontas, ficamos sem fazer um som sequer, apenas um sorriso discreto nos lábios. O companheiro e escudeiro foi quem quebrou a trégua quando me perguntou se eu ainda tinha aquela bicicleta. Rimos e eu não respondi uma palavra sequer.

Interessante estar indo ao circo novamente. Lembrei-me do meu velhinho, dos papos e até da roupa que ele vestia naquele dia. Recordo da felicidade dele, das palavras e do entusiasmo. Ele também estava indo ao circo por ele mesmo, provavelmente matando a saudade de um registro bom. Definitivamente, o passeio foi a gravação na mente que ele me proporcionou também poder fazer, porém, além de irmos a uma saída juntos, ele me levou direto à minha primeira conquista.

Nossos filhos estavam encantados. As luzes, os sons, a pipoca. Uma tecnologia de apresentação que meu avô sequer conseguiu ver. Globo da morte, trapézio, mágica, dançarinas, intervalo e diversão. Combinamos desligar nossos celulares e fazer daquele espetáculo o nosso momento. Era minha vez de fazer registro e criar lembranças. Tomamos guaraná e comemos algodão-doce. Tudo como meu avô havia me ensinado a fazer. Um fruto não cai muito distante do pé.

Eu e meu amigo ríamos das crianças e fazíamos comentários ácidos a respeito da qualidade das apresentações. As roupas já meio fora de moda. Num tempo como o de hoje, era até espantosa a sobrevivência de um espetáculo como aquele. Elas amaram tudo.

Estar novamente numa lona me fez refletir e pensar sobre minha vida e matar a saudade do tempo que passei com meu avô. Retroceder no tempo sem preguiça e receio de sentir. O brilho dos olhos da minha filha, que ria alegremente, mostrando o dente que falta, era reconfortante.

Até fiquei ansioso, para não dizer preocupado, na verdade aflito, aguardando o número de mágica.

— Quero pedir a todos agora uma salva de palmas calorosa para nosso mágico e sua bela assistente!

Esse era o momento que eu mais temia. Fiz uma troca de olhar com meu amigo, que, num sinal de brinde com o refrigerante, me chamou de Romeu. Vi no olhar dele que também havia batido aquela nostalgia, mas é claro que fui eu quem mais ficou estático. Nem preciso dizer como o tempo parou e fitei demoradamente a entrada dos dois ao picadeiro.

Porém, a água que passa no rio não retorna à nascente. Foi desse modo linear que me senti. A moça não era bela, nem usava batom vermelho. Tinha um cabelo loiro — pintado — e um sorriso opaco. Olhei ao redor, vi o rosto estático do filho do meu amigo, com as mãos desesperadamente agitadas e levantadas se oferecendo para ser um assistente. Lembrei-me do meu avô e do esforço que fiz em ser aceito como assistente. Minha filha aplaudindo tudo e meu amigo incentivando o filho.

Realmente, não podia reclamar. Havia guardado a mais bela assistente na mente. Devo confessar que a moça diante de mim não era feia, longe de ser. Espero que o leitor ainda não me julgue por isso, pela falácia. Mas veja que estava feliz, tinha percebido que a minha musa não havia envelhecido, era ainda bela, ainda usava batom e, de algum modo, eu pude escutar: "Fica para a próxima, gatinho".

Ainda bem que isso tudo aconteceu.

O espetáculo terminou e saímos comentando tudo que havia ocorrido. Os adultos ouvindo depoimentos e mais depoimentos. A magia e a imaginação se renovaram num ciclo de gerações. Minha filha empolgadíssima com a dança e a música. O filho do meu amigo, calado, apaixonado.

Começamos a falar mais e mais e a minha doce herdeira iniciou um questionamento do que cada um havia mais amado. Entre uma pipoca e outra, caminhávamos.

—Pai, você ainda não disse, o que você mais gostou ou não, de hoje.

Fiquei ainda alguns segundos calado, pensando e ciente da decisão que deveria tomar, do que dizer. Não poderia tirar a lona da imaginação dela. Cabe aqui ao leitor a oportunidade do julgamento.

Vi, nos olhos da minha menina, um brilho de lembrança. Um sorriso de infância que eu já tinha promovido em companhia do meu velhinho. Meu amigo acompanhava de camarote o raciocínio que desenvolvia. Minha expressão talvez fosse me denunciar. Todavia, o coração foi bem mais forte do que a razão.

— Filha, gostei de quase tudo. Detestei os palhaços.

O silêncio

A médica segurou firme o bisturi e fez uma incisão certeira. Era de se esperar que a anestesia já tivesse promovido o trabalho suficiente para a procissão sair em caminhada. A lâmina passou lisa no couro e o tom de pele foi ficando rubro, comunicando o início... ou o fim.

Nesse mesmo instante, todos olharam para ele, buscando observar suas reações. Estava preparado. Era cabra forte e não tinha medo dessas coisas de saúde. Mas era calado. Não disse nada, apenas apertou mais firme ainda a mão da companheira, entrelaçando os dedos e chocando os aros de metal um contra o outro. Sibilando ainda mais o compromisso. Sorriu.

As mãos habilidosas da médica abriam caminho, indo cada vez mais distante. Numa busca que revirava e mexia. Os joelhos dele restavam inquietos e sincronizados num vaivém meticuloso, tal qual os ponteiros de um relógio. Os dedos coloridos da doutora repousaram e as mãos haviam sumido juntamente com os punhos.

Silêncio.

Seus olhos avistaram alguns centímetros de um ralo carpete com sebo. Coração disparou e a perna ficou imóvel. Os dedos apertaram ainda mais outros dedos nervosos.

Atentamente observou a lenta fuga de casa. Saindo livre. O carpete tomava forma e um bordô conquistava o couro em sua plenitude. Sentia que não era mais ele mesmo. Feliz e em silêncio permaneceu.

A doutora segurava 3,250 kg de realidade. Já pesavam no ombro dele, mas nem foi capaz de sentir. Flanava e flutuava como a pena que sai do travesseiro. O ar foi drenado do fundo da realidade que transformou o oxigênio em ventos sonoros. Fortes e pungentes, conquistaram tudo e a todos. O silêncio modificado para sempre.

Uma realidade agitada e com o poder da palavra. Seus olhos viram os novos ramos buscando desesperadamente espaço no vazio. Hão ainda de percorrer um longo caminho. A realidade, acostumada com o apertado aconchego, lutava contra o espaço. Bufava. Conquistava. Ele somente via a tira de carne curvada, flamulando e amplificando as ondas sonoras.

A realidade despertadora.

Tinha o costume de também libertar o ar e modificar. Adorava falar com a melancia cheia. Intacta, mas repleta de semente e sumo. Acalmava a si mesmo e fazia acreditar que a semente germinaria em confiança. Numa realidade segura. Ele também sequestrou todo o ar que tinha por perto, conduziu firme para a realidade, desesperada e desvairada em sua frente. Melodia forte, dessoante, em escala maior! Rompeu sua inércia.

— Seja bem-vinda!

Silêncio e paz tomaram conta da realidade.

Milagre bom para cachorro

Eu me considero um cara comum. Casado, pai de três filhos, funcionário público, fiel seguidor da cartilha de vida que o país impõe aos seus cidadãos. Logo que me formei já fui deixando as atividades extras fora das minhas metas e me dediquei ao tão sonhado concurso público, que naquela época era bem mais fácil de passar que hoje. Ex-aluno da Universidade de Brasília, estava acostumado a frequentar a biblioteca central, nossa querida BCE, depois de relaxar no Ceubinho por longas horas de estudo. Com isso, o prêmio veio a cavalo, e passei logo no segundo concurso prestado e cá estou seguindo minha carreira num Tribunal Superior, percorrendo todos os dias os mesmos caminhos, recebendo as mesmas diretrizes a cada mudança de diretoria e, de tanto em tanto, deixando de carimbar para assinar. Graças a Deus.

Não tenho o que reclamar da minha esposa. Uma verdadeira companheira, guerreira e que soube como ninguém conciliar seus desejos profissionais com a maternidade, além da agitada vida de esposa. Como todo ser humano, também vive preocupada com o físico e seu bem-estar, depois de três gravidezes e alguns copos de chope com o marido e a família. Frequentadora de academia, aulas de jump disso ou daquilo, acupuntura e massagens em clínicas de spa. Temos juntos três filhos lindos, crianças saudáveis e cheias de vida, todos com uma enorme e expansiva curiosidade, como tem que ser. Tudo para dar certo.

Como todo ser humano, logo que pude, estabeleci meus sonhos e metas. Uma delas, para mim e para minha família, era morar numa casa, ter uma piscina e dois cachorros, preferencialmente um casal. Acho que, para as crianças, ter essa experiência de vida é importante, e somente pode contribuir na sua formação. Ter o contato com o solo, pisar na grama, pegar sol, comer fruta do pé, além das responsabilidades que uma casa e animais trazem para nosso dia a dia. Ainda seguindo meu plano familiar, tenho uma equipe de auxiliares, desde o jardineiro até nossa fiel escudeira, a Marinete. Tudo para dar certo.

Marinete era a querida funcionária do lar desde que nosso primeiro filho nasceu. Sempre esteve conosco nesta missão e acredito que vai ficar ainda durante muitos anos. Natural do Nordeste, das escaldantes terras do Piauí, faz como ninguém uma tapioca enrolada igual um charuto árabe com aquela colher generosa de manteiga. De fácil risada, religiosa e de um coração grande quase beirando a ingenuidade. Tudo para dar certo.

Parte integrante desse plano, a casa, que eu insisto em chamar de lar, era uma meta importante. Buscamos durante meses, dentro de nossa realidade e do total possível de ser financiado pela Caixa Econômica Federal. Como já estávamos num patamar de nossa carreira de funcionalismo público, o crédito foi concedido com um valor que viabilizou a escolha de um imóvel confortável num bairro de classe nobre da capital federal. Próximo ao lago Paranoá, a casa foi sempre sinônimo de paz, felicidade e representava a prova material do êxito e sucesso dos planos familiares. Tudo para dar certo.

A imponderabilidade da vida faz das suas escolhas o seu destino. Não basta ter tudo planejado como uma carta antiga e suja de navegação. Em algum momento, você toma um caminho e nele você vai viver situações as quais serão ou não como cicatrizes em seu DNA de ser humano e habitante deste maluco planeta. E foi exatamente o que eu fiz. Tudo para dar certo.

Anteriormente, eu havia dito que uma das engrenagens da minha felicidade era ter dois lindos, preferencialmente um casal, amigos caninos.

Os amigos mamíferos mais fiéis que você pode desejar. Sou apaixonado por animais e muito mais ainda por cachorros. Uma relação superinteressante, uma companhia incrível e sempre à disposição. Quem nunca conversou seus problemas com um cachorro, e ficou esperando uma resposta milagrosa que vinha num olhar ou um latido brusco como que convidando a sair correndo e largar tudo? A amizade nasce logo de cara, mas a confiança se conquista dia a dia, durante os banhos, a saída na guia e a desesperadora ida ao posto de saúde para atender à campanha de vacinação antirrábica, em que um soldado do exército brasileiro aplica a agulha, às vezes com mais medo do cão do que destreza. A escolha da raça era algo que eu tinha prazer em estudar e buscar sites, blogs e fóruns de discussões para, dentro do planejado, fazer a escolha certa de acordo com meu perfil e de minha família. Tudo para dar certo, bem... quase tudo!

A batida do coração e o pulso batendo forte não são um plano e muito menos uma progressão geométrica de razão definida. O amor canino com a raça humana é assim, por acaso, meio desconfiado, mas único e verdadeiro. "O Rottweiler é um cão robusto de cabeça larga e poderoso focinho, com mandíbula em tesoura e orelhas triangulares e pendentes. Um Rottweiler corretamente socializado é amável, cordial e pode ter o coração de um anjo." Foram exatamente essas palavras, de uma fonte especializada, que me convenceram e fizeram nascer meu amor incondicional, que logo conquistou a família. Em pouco tempo, éramos todos irmãos e pais de um lindo casal: Xingu e Maia, nossos lindos Rotweillers! Como já bem disse, tudo para dar certo.

Seguimos todos os ensinamentos, recomendações de amigos criadores e do veterinário. Nossos filhos de quatro patas cresciam e estávamos felizes. Foram consumidos quilos de alimentação saudável e horas de brincadeiras.

Mas quis o destino que ambos fossem de temperamento forte e marcante. Foram destruídos vários pares de sapatos, chinelos de borracha, pés de cadeiras e móveis, portas de carro arranhadas pela festiva recepção em duas patas apoiadas no carro.

Uma vez esqueci a janela do meu carro aberto e, ao amanhecer, o carro estava com o estofado devorado restando apenas as molas. Tive que pegar o carro do meu sogro emprestado para poder arrumar. Esqueci um mês depois a janela aberta novamente e, desta vez, havia sido devorado o volante do carro. Pior, do meu sogro.

Acredito não conseguir contar com exatidão quantas foram as mangueiras de jardim e boias de piscina destruídas e devoradas. Xingu tinha o estranho hábito de nadar de vez em quando na piscina e destruir todas as boias e os colchões infláveis.

Maia tinha uma floricultura, era uma cadela florista, estudiosa de perto de todas as flores. Não podia ver uma flor no jardim que, na delicadeza que lhe era peculiar, destruía tudo, também vasos e plantas. Um verdadeiro furacão, um nome digno de nomear um fenômeno climático como esse, no futuro.

Ambos possuíam hábitos expedicionários de mineração, talvez cães geólogos, na liturgia da palavra. Nosso jardim, com o passar do tempo, era uma verdadeira serra pelada, escavada, tomada de assalto, tudo na maior ilegalidade e sem permissão dos órgãos caseiros de controle. Juntos adoravam pegar, aos saltos, manga verde das mangueiras. Eu ficava da janela da sala observando os dois aos pulos realizando essa canina colheita e rezando no meu íntimo pensamento para que não passassem mal... ou não!

Houve uma vez, no aniversário de meu filho caçula, que Xingu, numa louca e desenfreada perseguição ao cão de uma raça de menor porte, destruiu a mesa dos docinhos. O pequeno poodle entrou debaixo da mesa e foi o suficiente para numa manobra gigantesca Xingu levar todos os doces ao chão. Enfeites de mesa para um lado, doces para o outro. Aquela verdadeira cena de comédia italiana, bem ali na minha varanda e ouvindo ao fundo os comentários ácidos na voz rouca de cigarro da minha sogra.

A nossa vida com eles a bordo era todo dia uma surpresa nova, um sorriso, um grito, um latido e uma corrida. Algumas vezes parecia que ambos os cachorros sabiam exatamente o que estavam fazendo e como me provocar. Mas nós nos amávamos desse modo e estávamos dispostos a fazer tudo uns pelos outros. Bem, quase tudo.

A bagunça, festa, algazarra e situações desconcertantes rapidamente cruzaram as fronteiras do meu terreno e os vizinhos passaram a ser também alvos dessa ação conjunta. Logo me vi em situações em que explicações e pedidos de desculpa não eram suficientes. Xingu e Maia tinham o estranho, para não dizer péssimo, hábito de realizar visitas não programadas aos vizinhos próximos, ou ainda simplesmente realizavam longas e destruidoras perseguições aos cães vizinhos. Eram os donos do pedaço.

O derradeiro evento que ocasionou uma nova mudança em nossa vida foi uma briga sangrenta entre Xingu e um cão do vizinho. Seu dono era um advogado aposentado que soube, no primeiro encontro, citar todos os artigos, as leis, os parágrafos e os adendos do Código Civil, o antigo e o atualizado. Nosso embate foi inevitável e eu, devido à quase morte do cão agredido, não tive opção, depois de muita briga senão mudar radicalmente meus planos de vida.

Vendi a casa e mudamos! Tudo para dar certo... novamente!

Desta vez escolhemos a nova casa num bairro já mais afastado, um condomínio de casas com no máximo oito unidades por condomínio, no setor de mansões. Os vizinhos foram escolhidos a dedo, de forma que não havia advogados aposentados com tempo de realizar um longo e penoso processo em detrimento de um bom papo no churrasco de amigos.

Mudamos durante o verão, para que os cães pudessem se acostumar com o novo quintal de aproximadamente 2.000 m². Eu estava no auge de minha tese de doutorado, faria daquela casa também um lugar de estudo, trabalho e paz para escrever as mal traçadas linhas da tese revolucionária.

Era perfeita. No fim da rua, com amplo espaço, novamente uma piscina, um pequeno pomar, canil e... vizinhos.

Nosso vizinho de frente era um casal que viera para a capital, diretamente dos pampas, depois de ambos passarem em concursos públicos. Muito simpáticos, sempre sorridentes, atenciosos e com uma qualidade oportuna, sem cachorros.

Xingu e Maia estavam retomando suas vidas caninas e tomando conta do novo lar, o novo quintal. A inevitável marcação de território era uma atividade recorrente e, assim, lentamente retomavam suas vidas, destruindo alguns poucos itens, afinal o adestramento recém-contratado estava dando certo. Esposa e filhos felizes com a nova casa e eu com paz necessária para finalizar o texto de minha tese.

Minha esposa resolveu visitar minha sogra com os meninos num feriadão e eu aproveitei para ficar e adiantar um ou dois capítulos do meu texto final, seria a oportunidade perfeita. Fui levá-los no aeroporto na manhã de quinta logo no dia anterior ao feriado de sexta. Colocando as malas no carro, fui abordado no estacionamento em frente à minha casa com um sonoro bom-dia!

— Bom dia! Como vai o senhor, tudo bem? Este feriado estava demorando a chegar, o senhor vai viajar?

Essa foi a pergunta da Senhora Cláudia, a vizinha de frente, toda sorridente, falando de dentro do seu carro retornando para casa. Nos encontramos naquele momento de chega e sai, em frente às nossas casas.

— Bom dia, Cláudia, tudo bem, obrigado por perguntar. Não vou viajar, mas a Carol vai aproveitar a oportunidade dos dias de folga para visitar a mãe, e os meninos vão com ela. Será uma festa de primos na casa da avó. Eu fico e aproveito para adiantar minha tese...

Sem deixar eu terminar e olhando em direção ao carro dela e abrindo a porta, ela rapidamente interrompe minha fala explicativa e toma a palavra apresentando:

— Fernando, esta é minha mãe, D. Eulália, ela veio fazer o sentido oposto ao da Carol e veio me visitar no feriadão. Estamos muito felizes com a visita dela, é a primeira vez que ela viaja depois da morte do papai.

D. Eulália, estática, ficou me olhando da cabeça aos pés, refletindo sobre mim, e pude perceber que nesse momento eu estava sendo analisado como numa revista às tropas ou aquela verificação de fronteira realizada na alfândega em Miami. Fiquei também estático, esperando partir dela a próxima fala, enquanto eu observava sua maquiagem caprichada e cabelos lisos, curtos e finos, tingidos levemente de roxo, como um pincel atômico já sem tinta. Isso já foi maldade minha. Ela me respondeu secamente, com sotaque gaúcho.

— Bom dia, senhor, prazer.

— Mamãe trouxe também esta coisinha fofa e linda... A D. Neve, veja que linda! Ela está meio doente e esperamos que os ares do planalto sejam um bom remédio, vamos torcer e ver!

— Ahhhh! — Fiquei sem saber o que dizer e com sorriso amarelo completei:

— Nossa como é branquinha, uma linda poodle! Fique bem, viu, seja bem-vinda à capital federal.

Minha mente estava em outra dimensão. Num segundo imaginei todo o esquema de segurança que eu deveria ter e um filme repetido passou em minha mente. Meu pensamento somente foi interrompido pelos latidos fortes e desesperados de Xingu e Maia, lá de dentro do meu quintal:

— Shissss! Maia! Xingu! Quieto, amigo! Respondi aos latidos de modo autoritário e firme. Seja bem-vinda também você, D. Neve... — Falei isso já buscando fazer um carinho na cabeça e conquistando a amizade de sua carrancuda dona. Política de boa vizinhança é sempre bem-vinda, principalmente eu sabendo do meu histórico canino!

D. Eulália, já fora do carro, foi se afastando lentamente, segurando D. Neve em seus braços. A cadela tremia feito vara verde. A coitadinha estava abatida e olhava desesperadamente para todos os cantos da nova casa. Eu somente esbocei de lado um sorriso meio sem graça, mas confiante de que nada de ruim poderia acontecer. Cláudia olhou para mim e numa voz calma, cansada, me disse:

— Sabe, Fernando, minha mãe ainda sofre com a morte de papai. Foi tudo repentino e sem aviso, uma doença fatal... e D. Neve foi ideia do meu psicólogo. Esta cachorrinha virou uma espécie de dama de companhia dela, sua confidente, a melhor amiga. A cadelinha está meio doentinha estes dias e acho que este período aqui em casa fará bem às duas. Por isso, minha mãe está mais calada, não repara, você sabe como os mais velhos se apegam...

— As pessoas precisam de uma boa companhia numa hora dessas. Estes bichinhos viram uma companhia duradoura e entram para a família de tanto amor — eu disse sem saber se estava me ajudando ou ajudando-a...

— O senhor está certo — completou Cláudia, olhando para dentro de sua casa, verificando se D. Eulália estava em segurança. — Filho, venha ajudar com as malas da vovó, chame seu pai!

Essas palavras foram um pedido de ajuda e eu passei de estático a carregador de mala e fui tirando logo a maior mala que pude ver no carro. Já com ela no solo, foi se aproximando o filho mais velho de D.

Cláudia que prontamente tomou meu lugar. E todos foram seguindo seus rumos e vida.

— Marinete, fique do olho no Xingu e na Maia, vou levar o pessoal no aeroporto e quando voltar tenho que continuar meus trabalhos, temos uma nova vizinha canina e não quero ter problemas e muito menos trocar de casa.

— Claro, vou vigiar os meus bichinhos, coitadinhos... pó deixar!

Fui e voltei do aeroporto pegando aquele velho engarrafamento bem ali no balão de acesso. Foram horas de muita paz e tranquilidade. Dois dias de muita produção na minha tese, silêncio em casa e nos vizinhos.

Na manhã de sábado, acordei cedo, fiz um café enquanto esperava Marinete chegar e preparar um par de tapiocas para mim. Segurando a caneca que eu trouxe de uma viagem a Roma, já vestido com uma roupa de academia, com o café ainda bufando, tomei um demorado gole que quase cuspi todo no vidro da janela da cozinha em direção ao jardim.

Um grito de terror veio à minha mente, meu cérebro parecia que havia recebido uma mensagem de erro fatal, igual aos computadores. Fatal error — sua mente está sendo reiniciada.

Fiquei alguns segundos ainda sem ação, enquanto o café quente descia em direção ao estômago sem eu notar nada em relação à temperatura. Era chumbo derretido, mas não fiz nada e ao fim dei um salto pronunciando um alto e sonoro comentário:

— Que merda!!!!!!!!!!!!!!!!!! Xingu!!!!!!!!!!!!!!!!!!!

Larguei a caneca na mesa e saí correndo em direção à cena de terror que estava no meu quintal. Não acreditei no que eu estava vendo. Xingu brincando com um pedaço de travesseiro branco inerte, mole e sem vida. Mordia, jogava para cima com a boca, caía no chão... Arrastava-se.

Xingu estava praticando jogos mortais com a coitadinha da D. Neve, inerte... Cheguei já gritando e ele a largou ali aos meus pés. Fiquei olhando do alto dos meus 1,93 de altura, estava com medo de tocar na coitadinha e ela não me responder. Estava toda suja de terra, meio suja de sangue e com a língua fora do corpo. Um frio desceu toda minha espinha e comecei neste instante a suar e agir.

Agachei e olhei de perto. Meu diagnóstico era decisivo e único: D. Neve estava morta!

Não tive dúvida, peguei aquela pobre vítima nos meus braços, olhei para os lados e fui correndo para a churrasqueira. Não havia ninguém na casa, eu era o único a decidir o que fazer com aquela criatura. Minha mente logo me trouxe as lembranças de todos os anteriores acontecimentos e facilmente tomei a decisão do que fazer.

Coloquei o cadáver na minha pia e comecei a lavar, tirar a terra, limpar algum rastro que pudesse incriminar meus cães. Estava desesperado e meu coração batia rápido e forte, como se o sangue fosse todo levado à cabeça. Não pensava, somente agia, quase que como um instinto de sobrevivência. Fui lavando o corpo e era como se eu conseguisse levar para o ralo todo o crime que estava tentando esconder.

Peguei uma toalha de banho esquecida na pia e usei para secar todo aquele corpinho. Nessa hora, quando vi seus olhinhos, percebi que não tinha como retroceder e que, depois deste momento, era ter calma e refletir.

Calma nada!

Logo fui tomado pela ação e verifiquei se Marinete havia chegado. Barra limpa.

Fui até a porta de minha casa e pé ante pé me dirigi até a porta da casa da minha vizinha e deixei ali mesmo, inerte, o cadáver limpo, higienizado e seco de D. Neve. Foi como se eu passasse o bastão numa prova de revezamento. Minha mente livre pôde me oferecer um sorriso de tranquilidade, o qual contive em esboçar ainda tomado pelo luto que estava prestes a compartilhar e acalentar.

Cheguei em casa e fui direto à caneca de café. Recarreguei minha carga de cafeína e me larguei na poltrona da sala, com a sensação de dever comprido e refletindo sobre o que poderia acontecer. Alguns minutos depois, escutei o barulho de Marinete na cozinha, assoviando uma canção qualquer e concluí que ela não tinha visto nada e não sabia de minha sorrateira ação. Tratava-se do crime perfeito e assim fiquei parado, esperando os lentos ponteiros dos minutos se moverem, enquanto o calor do amanhecer tomava conta da sala e o dia ia se aproximando cada vez mais veloz. Tudo para dar certo.

Sentei à mesa da cozinha e, como se não soubesse de nada, iniciei meu café.

— Bom dia, Marinete! Você pode preparar um par de tapiocas com manteiga para mim? (...and the Oscar goes to... era assim que minha mente funcionava).

— Claro, Dr. Fernando... peraí, que coisa estranha, tem um entra e sai na vizinha, D. Cláudia está na porta chorando, esperando alguém chegar, me parece... estranho.

— Deixe de se meter na vida dos outros, Marinete. Eles devem estar com problemas, a D. Eulália é uma senhora doente, às vezes estão esperando o SAMU!

— Mas... doutô, estranho — disse Marinete deixando a tapioca quente no meu prato e partindo para fazer a segunda. — Parece que está entrando um carro de polícia no condomínio, será que a D. Eulália... Ave Maria, nem quero pensar nisso!

Marinete fez um longo sinal da cruz, que me fez levantar e ir até a janela e ver com meus próprios olhos que movimentação era aquela.

Fiquei ao lado de Marinete e não pude comentar nada, mas fui tomado por um longo frio nas mãos quando realmente vi um carro da polícia civil estacionar na porta da casa e de lá descerem três homens, um deles de terno. Caso de polícia? Fiquei parado e na nuca senti uma gota de suor lentamente descer em direção à minha camisa. Engoli seco.

— Marinete, deve ser algo importante. É melhor a gente não ficar aqui olhando como se estivéssemos bisbilhotando a vida deles, sejamos discretos. Vem pra cá, mulher, e termine o café!!! Vamos, vamos, que tenho pressa para iniciar meu trabalho. Hoje o dia vai ser longo!!

— Doutô Fernando, se tem poliça é grave, melhor deixar os homi trabalhar! Quero distância desse trem!

Saímos os dois, eu e Marinete. Cada um com sua conclusão e seus medos. Tudo para dar certo?!?

Sentei na sala e fiquei ali aguardando pela sequência do que poderia acontecer. Ouvia de lá um entra e sai de gente na casa de D. Cláudia, choro e um burburinho de pessoas conversando no jardim e na porta de casa.

De quando em quando, ia à janela e observava a movimentação e nada mudava, o carro de polícia continuava ali, parado, como se esperasse por minha confissão. Eu estava firme em defender minha tese de liberdade e decidir não ir lá e me comprometer. Fui tomar banho e esfriar a cabeça, nada poderia dar errado. Agora, era deixar o tempo passar e apagar os erros. Eu estava surpreso comigo mesmo, num misto de orgulho e medo.

Estava já me arrumando quando escutei a Marinete gritando meu nome como se quisesse me atualizar dos acontecimentos:

— Doutô Fernando, corre aqui... o trem tá feio, tem um Padre chegando aqui na casa de D. Cláudia.

Essa eu precisava ver com meus próprios olhos. Não era mentira dela. Havia, sim, um padre, de batina e tudo, saindo de um segundo carro que acabara de chegar, segurando uma valise de viagem numa mão e uma Bíblia na outra.

— Doutô, será que a D. Eulália, Ave Maria Nossenhora, valha-me!

— Calma, Marinete, vamos ver, deixa ele entrar...

Ficamos os dois vendo o padre chegar e andar lentamente em direção à porta. Logo sai da casa a D. Cláudia e um longo abraço de consolo foi trocado entre eles. Fiquei esperando para ver se D. Eulália saía à porta, o que traria paz à situação. Agora, eu estava realmente com o coração batendo, era uma tropa de gado estourada.

Marinete começou a lavar louça, dizendo baixinho umas palavras que imaginei serem uma prece, como se fosse para embalar e consolar o luto de alguém querido. Cada som que eu ouvia era reproduzido como uma trovoada em meus ouvidos e meu estado de inércia foi interrompido pelo desejo de saber o que realmente estava acontecendo. Ao mesmo tempo, comecei a procurar o número de meu advogado no celular e mandei no aplicativo um "bom dia" iniciando uma conversa despretensiosa.

— Marinete, acho melhor a gente oferecer ajuda, um pão de queijo, ou algo assim. Por que você não vai lá na casa dela, fala com a funcionária de lá, leva umas tapiocas e oferece ajuda? Depois volte aqui e me conte se eles precisam de algo, estou pronto a agir. Falei isso olhando se meu advogado havia respondido ao meu bom-dia de socorro!

— Mas, Doutô. Será que devo? Fico com vergonha de atrapalhar...

— Marinete, vizinho nessas horas é para isso, fazer união e oferecer apoio, vai lá que vou colocar uma roupa mais apropriada.

Com esse discurso, minha fiel funcionária havia sido convencida e não sabia, mas acabava de virar minha emissária espiã para trazer novidades e me alimentar de notícias que ajudassem na minha defesa. "Bom dia, Fernando, tudo bem?" Respondeu o advogado, como se desconfiando de uma mensagem em pleno sábado de feriado... Resolvi não escrever ainda...

Marinete saiu e foram longas voltas dos ponteiros. Não pude fazer nada, não havia como me concentrar no trabalho e desenvolver minha tese. Conseguia pensar apenas na minha defesa, enquanto olhava em meu quintal e via Xingu e Maia correndo felizes, de rabo abanando. "Que merda!" Era somente o que eu conseguia fazer ecoar em minha mente ocupada. Nada... mas um padre! Esse último convidado era muito para meu pensamento linear e fazia com que meu sentimento de culpa aumentasse, estava disposto a assumir a culpa e ir lá confessar tudo mesmo ainda sem trocar miúdos com meu advogado. Era o certo, mas, também, era o que mais eu postergava, já pensando em como explicar tudo, na mudança e o que deveria fazer com Xingu e Maia.

Marinete voltou à sala, respirando aflita, olhando para mim como se fosse dar uma notícia bombástica:

— Diz, e aí? — Secamente já fui perguntando sem dizer ao certo o que queria ouvir.

Ela iniciou uma longa e sonora gargalhada, risos e mais risos, como se estivesse nervosa, e não parava de rir, respirava fundo e... voltava com um forte e longo riso, uma gargalhada que a fez chorar e sentar no sofá da sala. Eu não sabia o que fazer, cocei meus olhos, respirei fundo e disse:

— Marinete, controle-se, diga logo, mulher, o que está acontecendo? Minha demanda era curta, forte e eu já não me preocupava em esconder minha culpa.

Ela percebeu a mudança na minha voz, enxugou as lágrimas, deu mais uma risada e me respondeu olhando para cima, como se desviar o olhar fosse o suficiente para não rir novamente.

— É um milagre, doutô! Milagre! Só isso!

— Sei... — disse sem ainda entender nada e na esperança de uma reviravolta em tudo. — Continue!

— Doutô Fernando, a D. Eulália está bem, mas a cachorrinha dela não... sinto em dizer.

— É mesmo? Mas me conte, o que aconteceu...? Respondi sem dar muito crédito, na esperança de ainda poder esconder minha culpa e protegendo meus filhos caninos.

— Sabe que é... a cachorrinha estava doente quando veio mais a D. Eulália e na noite que vieram, logo na madruga a bichinha piorou e... como vou dizer, morreu! Foi uma tristeza danada e dona Cláudia, para não ter um clima ruim, resolveu de enterrar no quintal mesmo, perto do pé de abacate ali na divisa com o terreno do senhor...

— Então, quer dizer que... ela morreu, assim... de morte morrida?

— Pois é, doutô... tava doente há meses, mas isso não é nada! Valha-me, Deus! Ela olhou para mim com uma cara séria de que fosse contar um segredo, mas antes ainda soltou um sorriso e gargalhou.

— Controle-se!!! Diga o que mais aconteceu!?! — respondi com a testa pingando em suor.

— Doutô, a cachorrinha deve amar muito a D. Eulália, é um milagre, mas ela voltou do túmulo e voltou para se despedir, apareceu na porta da casa, toda limpinha, pronta para se despedir! É um milagre. D. Cláudia e mais D. Eulália estão rezando para a cachorrinha, chamando ela de santa! Veio a "poliça" com um "adevogado", mas eles disseram que era caso de "estâncias" superiores — disse isso olhando em direção ao céu e franzindo a testa como se tivesse a certeza do que iria falar em seguida. — Chamaram "inté" um padre da quermesse para poder ver o milagre e poder explicar tudo aos olhos de Deus, é um milagre! Um verdadeiro milagre de amor — ela disse isso e foi se afastando indo em direção à cozinha... rindo e repetindo que era um milagre e que deveríamos rezar também!

Sentei sem saber o que dizer a mim mesmo. Fiquei alguns segundos estático e feliz ao mesmo tempo. Xingu era pelo menos inocente da morte da cachorrinha e eu estava, como posso dizer, aliviado.

Olhei atentamente ao meu celular, procurando responder ao meu advogado... respirei e respondi: "Sim, tudo bem e vc!?".

A garrafa do embaixador

Martin era um habilidoso embaixador e já estava há alguns anos no Brasil. Falava fluente o português apesar da sua língua materna não ter raiz alguma com o latim. Era um homem interessante. Atleta, quando jovem praticou halterofilismo, amante de esportes em equipe, principalmente o voleibol. Havia integrado a equipe universitária em sua época de faculdade.

Como todo atleta de vôlei, era alto. Olhos claros e barba desenhada e milimetricamente feita. Sempre com um sorriso diplomático e receptivo no rosto. Tinha o hábito de dizer nas rodas de conversas mais descontraídas: "Se um diplomata diz sim, é porque é não, e se ele diz não, é porque é talvez". A risada tomava conta de todo o ambiente. Adorava os ternos escuros e os combinava perfeitamente com a gravata. Era um amante de arte, desde a boa música até os prazeres da gastronomia. Nesse quesito, tinha duas paixões: os charutos e os vinhos.

"Quem não gosta de vinho, bom sujeito não é."

Num bate-papo mais informal, rodeado de amigos, ao abrir ou oferecer uma boa garrafa, repetia essa máxima. Fazia parte do seu ritual próprio, adquirido durante os longos anos de serviço diplomático e estudo de enologia. Não se considerava um enólogo completo, porém era conhecido, por todos os diplomatas, seu gosto degustativo pela bebida. Achava interessante dividir uma garrafa com Dionísio.

Cor, doçura, acidez, álcool, taninos e corpo. Todas características e propriedades da bebida que apreciava combinar, estudar e discutir durante um bate-papo de amigos mais próximos. "Um hobby viciante e apaixonante, estude com moderação!" Uma frase que saía fácil entre uma risada e outra, nas suas miniaulas.

Seu trabalho no Brasil deu-se com sucesso e reconhecimento profissional. Soube construir majestosamente muitos amigos. Conquistou os corações de muitas pessoas, seja no âmbito profissional ou dentro de círculos de amizade. Isso era facilmente percebido nas inúmeras festas para as quais era chamado, nas cerimônias e reuniões. Uma presença certa, disputada. Certamente, o aparecimento dele demonstrava algo mais no evento ou festa, seja a trabalho ou de cunho pessoal. E foi justamente num evento assim que se iniciou uma saga nunca vivida pelo nobre homem.

Tratava-se de uma festa daquelas para datas nacionais. Fora convidado a trabalho, mas foi de bom grado, pois o casal anfitrião era também amigo. As grandes distâncias geográficas de seus países natais haviam sido diminuídas na avenida onde suas embaixadas eram quase vizinhas. E foi para a festa na esperança de um bom trabalho, mas também de momentos descontraídos de boas conversas.

Estava já no auge da festa, num bate-papo bom e com seu charuto preferido nos dedos pronto para ficar incandescente, quando o anfitrião o segurou pelo braço.

— Meu nobre colega! Finalmente pude ficar ao seu lado e ouvir suas boas anedotas. — Olhou para todos ao redor, que, com sorrisos, concordaram com ele. — Mas espere. Não faça isso! — O embaixador parou no mesmo instante, antes de guilhotinar o charuto. — Vamos fazer um brinde em seu nome e em nome de nossa amizade. — Ele sabia que esse brinde era também entre dois países.

Cada um dos diplomatas presentes segurou uma taça de cristal e, nas suas respectivas línguas nativas, celebrou o brinde. O tilintar das delicadas peças anunciou o gole do líquido mais adorado em Roma.

Como de costume, ele antes observou a cor e aparência do vinho. Nesse quesito foi aprovado e, como um tinto que era, apresentava as cores de que ele gostava. — Vamos beber um Tempranillo? — o anfitrião disse antes mesmo do colega dizer algo. Sua cor vermelho-escura confirmava a uva. Ficou bem animado com o charuto que estava no bolso interno do paletó.

Girou cuidadosamente o vinho na taça. As poucas e espaçadas lágrimas desceram bem rápidas. Isso já não era o esperado. O aroma de couro estava bem longe e não veio à sua mente e muito menos no olfato, nada de folhas de tabaco. Não havia como evitar.

Deu um gole.

Silêncio...

O líquido desceu em sua garganta, conquistando agressivamente suas papilas gustativas. Ele travou uma briga interna sobre como avaliar o vinho. Definitivamente, não havia lhe agradado ao paladar, mas não poderia revelar o verdadeiro teor de sua avaliação.

— E então? — O amigo anfitrião logo em seguida já formulou sua indagação como se marcasse território. O embaixador não sabia se havia sido uma saia justa ou um modo diplomático de transmitir algum recado. Tinha conhecimento de que o colega era também um apreciador da bebida mais antiga do mundo assim como era também um exímio negociador diplomata. Enquanto pensava nisso tudo, os olhares da sua pequena plateia buscavam nele uma resposta, ao passo em que ele travava uma batalha de paladar com suas papilas. Acabou sendo ele o vitorioso e foi tratando de logo responder ao chamado inquisidor, seu desejo interno era queimar a garrafa numa fogueira, porém seu lado humano e preponderante seguiu o caminho do entendimento diplomático.

— Sim, sim! Muito bom este vinho. Gostei dele. — Deu um outro gole, terminando com a taça. Quanto mais rápido beber, melhor. — O sabor do couro antigo harmoniza bem com aroma de folhas verdes de tabaco. Vai acrescentar paladar ao meu charuto. — Decidiu que o charuto ia apagar o rastro do vinho em sua boca e, com um olhar, já segurando o charuto nos dedos, pediu permissão para acendê-lo. Sua plateia obviamente não fizera obstáculo e começaram a repetir freneticamente outros goles da bebida já devidamente avaliada.

— Não seja por isso! — O colega fez um estalar de dedos seguido de um leve bater de palmas. Imediatamente, com os braços esticados esperando algo, aguardou um garçom se aproximar. O rapaz trouxe uma garrafa. — Tome este presente, meu nobre colega. Será o início de nossa despedida. — Poucos sabiam, mas o embaixador estava já de despedida do Brasil e o anfitrião acabou dando a notícia em primeira mão. A comoção momentânea foi geral na plateia e uma singela interjeição não pôde deixar de ser ouvida. A reação foi unânime.

— Muito obrigado... É verdade... estou de partida, mas saibam todos que deixarei o trabalho aqui, mas levarei comigo grandes amizades — falou isso segurando a garrafa com a mão esquerda e olhando para o rótulo e os amigos próximos, os quais bateram palmas em sinal de respeito. Havia ganhado ainda mais respeito e uma garrafa do vinho, intacta, que acabara de rejeitar internamente.

Já em casa, sentou-se numa confortável poltrona, acendeu outro charuto. Escutava o velho e bom blues, baixinho... Enquanto afrouxava o nó de sua gravata, ficou observando a garrafa na mesa de centro. Parada, com rótulo virado para ele. Havia um desenho de uma casa antiga e o nome do vinho era de uma província ou vila anciã. A garrafa continuava estática, ali perto, desafiando o embaixador. Parecia que convidava a um gole, mas ele não ousaria abrir e tampouco guardá-la em sua coleção. Ficou observando o rótulo e gravou em sua memória a numeração inscrita no canto. Entre um baforada e outra, observou na mesa uma pilha de papéis e viu ali um envelope de convite. Abriu e, ao ler, já sabia o que fazer com a garrafa.

Como sempre, ele chegou na recepção no horário marcado. Era um convite pessoal para um lançamento de um livro. Um jornalista conhecido estava registrando em letras suas experiências de mochileiro nos Andes. Quando chegou sua vez na fila de dedicatórias, pegou dois exemplares e depois de registrar em foto sua estada, deu ao autor um presente. Uma bela garrafa de vinho Tempranillo.

— Muito obrigado, embaixador!

Missão cumprida. Agora, ele tinha passado adiante. E não seria mais desafiado em casa enquanto apreciava seu charuto preferido na companhia de BB King.

Foi uma ótima semana de trabalho e de despedida. Amigos, boas resoluções e empacotando caixas já pensando na mudança. O último dia da semana foi para atender a um pedido de um amigo e ir numa festa.

Era uma festa-surpresa de despedida! Muitos amigos reunidos. Admiradores e parceiros de trabalho. Uma linda noite com boa música e excelente companhia. Todos vinham e trocavam palavras de elogio e admiração.

Uma dessas pessoas foi um advogado, assessor parlamentar. Mais baixo que o embaixador, barrigudo com a camisa apertada e a gravata descendo repousando no abdômen recheado. Fala mansa e educada. Daqueles que conversam conosco e seguram na nossa mão. Fez um pequeno discurso em nome do parlamentar que representava e logo foi pedindo em nome dele desculpas pela ausência, pois era sexta.

— Ele está nas bases eleitorais para acompanhar os desejos dos eleitores, o senhor entende como é...

— Perfeitamente, meu amigo. Transmita meu abraço fraterno a ele. — O assessor ajustou os óculos Armani de armação amadeirada e ofereceu ao embaixador um presente.

O tempo ficou lento. Os cubos de gelo que batiam nos copos pareciam ter seu som amplificado.

Os olhos do embaixador olharam diretamente para os números gravados na garrafa. A peça de vidro transmitia uma risada irônica e ele ficou alguns segundos estático. Ela havia voltado. Pegou a garrafa na mão e logo em seguida trocou um aperto de mão firme agradecendo o presente. — Agradeço o carinho, uma boa amizade, uma boa companhia e um bom vinho. — Ele não ia se deixar por vencido e a garrafa não estragaria o brilho da festa. — Sim, sim! Adorei.

No domingo à tarde, resolveu finalizar de guardar o que restava nas caixas de mudança. Deixou a garrafa no fim, queria pensar direito o que fazer. Refletir cuidadosamente sobre o destino derradeiro.

— Vizinho, com licença! Vim me despedir e trazer uma lembrança. — A voz era de um vizinho querido, professor universitário. Um homem de bom papo e vivência no mundo. Tinha já morado em alguns países onde o embaixador também prestara serviços diplomáticos. O papo sempre rendia. — Trouxe este pó de café do interior, da fazenda do meu cunhado, e tenho certeza de que será uma boa lembrança da nossa terra brasileira.

— Obrigado, meu grande amigo, fico feliz e sinto-me lisonjeado com sua lembrança — respondeu sendo ele mesmo e, na resposta, não existia traço do embaixador, mas, sim, do amigo. — Não sei como agradecer... quer dizer... — Um pensamento veio à sua mente e começou a ganhar eco! Lembrou-se da fatídica garrafa. Fez um julgamento rápido se seria certo ou errado, ou ainda se seria jocoso. Ignorou isso tudo quando relembrou do sabor e memória amarga da guerra travada contra suas papilas. Seria justo, afinal ele não ia beber mesmo do vinho e jogar fora era um desrespeito. Não teve dúvidas.

— Como você pode ver, estou já praticamente de saída, porém faço questão de que fique com essa pequena lembrança para uma noite de frio. — Pegou a garrafa que repousava em cima de uma caixa de livros e entregou ao vizinho. — E leve mais este prazer momentâneo. — Achou que tinha que se redimir de algum modo e entregou também uma caixa pequena de charutos cubanos.

— Que honra a minha, meu amigo embaixador! Vou aproveitar que farei uma viagem de família e levarei este vinho comigo. Minha irmã se casou com um chefe de cozinha e vamos visitá-la em Lyon.

A garrafa seguiu seu curso e ele fez questão de nem observar a despedida para que não ocorresse uma última troca de olhares entre ele e a garrafa. Preferia esquecer em definitivo a sensação do sorriso irônico daquela peça de vidro, o recipiente da bebida esquecida. Agora, era cada um seguindo a sua vida. "Que seja feliz!"

Passaram-se quase dois meses desde sua chegada em sua terra natal. Estava confortavelmente em casa, matando saudade de todas as guloseimas de família. Um verdadeiro roteiro gastronômico familiar foi elaborado pelos parentes saudosistas. Fim de semana, seria o sagrado almoço com seus pais. Sua mãe iria preparar um delicioso boeuf bourguignon. Seu prato favorito que aprendeu com os franceses a apreciar.

Nesse tempo fez até amizades novas no prédio. Uma senhora de Montpellier, muito simpática, costumava dividir com ele o elevador. Aproveitava para trocar um bom papo e falar de suas preferências sobre queijos azuis. Numa manhã, ele não resistiu e trouxe para a nova amiga uma caixa de morangos frescos da feira. Ele adorava agradar essas senhoras com cara de avó!

Carregada de sotaque, ela respondeu, agradecendo. Ficou rosada como a carne de salmão fresco. Chegou até a responder misturando as línguas e falando em francês. Como um hábil embaixador que era, soube facilmente seguir na conversa. Ela pediu um minuto na porta e desapareceu.

Voltou toda afobada segurando, com as mãos trêmulas de dedos finos, juntas grossas e pele marcada do tempo, uma garrafa de vinho. Ele não fez logo no início nenhuma associação, mas, ao segurar a garrafa, sua fibra cardíaca quase teve um infarto. Parecia ouvir sua risada novamente. Viu os números gravados, engoliu sua própria saliva... Ela tinha voltado novamente para ele. Encarou por um ou dois minutos o rótulo.

Simplesmente pegou seu presente, beijou a face superior da mão de sua vizinha e se despediu com um sorriso largo esverdeado no rosto. Estava se sentindo derrotado, vencido pela insistente tentativa da garrafa que ousava voltar. Talvez fosse melhor beber o rejeitado líquido e fazer deste momento um funeral vitorioso. Isso seria pior que perder, ia se sentir vencido e dominado.

A saída honrosa veio no fim de semana. Resolveu levar a garrafa para casa de seus pais e lá daria para o primeiro que estivesse mais alcoolizado na festa de boas-vindas. Essa criatura seria o algoz anestesiado da garrafa. Colocou a garrafa numa sacola de papel pardo e partiu. "Ninguém pode me ver com esta garrafa."

Chegando na casa dos pais, foi logo fazendo a procissão de cumprimentos saudosistas. Todos com perguntas curiosas e desejando saber quando seria a próxima mudança. Segurando firme sua sacola e não a deixando muito à vista — não queria correr o risco de ser descoberto com a garrafa e ter que deixar escapar o líquido julgado sem boas notas — respondia a todos com muito carinho e atenção.

Examinou cuidadosamente e não viu nenhuma tia ou tio mais animado na bebida. Resolveu, então, levar diretamente a garrafa para escondê-la na cozinha, antes que fosse tarde demais. Ao chegar perto da porta, foi surpreendido por sua mãe.

A GARRAFA DO EMBAIXADOR   137

— Meu filho, vou sair um minuto, bem rápido mesmo. Vi que estou sem o vinho tinto para colocar na receita. Acho que seu pai andou bebendo do meu vinho sem eu saber. — Não deu nem tempo de ele responder quase nada, balançou a cabeça de modo afirmativo. Sua mãe foi falando e, ao mesmo tempo, abrindo a porta, como também colocando a bolsa pendurada com a alça na diagonal das costas. Ela era alta, esguia e com cabelos curtos.

Seu raciocínio foi breve e eficiente. Sentiu o cheiro do prato fervendo na panela. Os cogumelos, os temperos, as verduras, as carnes e... faltava um ingrediente. Não pestanejou e seu plano foi o melhor que poderia pensar, o mais eficiente que o Universo poderia prover. Há momentos na vida em que não sabemos ao certo como alcançamos uma oportunidade. Mas quando isso ocorre, o mais significativo é não pensar em "como chegamos até aqui", e sim "o que fazer" já que estamos aqui.

Foi exatamente assim que ele se sentiu: na beira de um abismo, porém com uma corda à mão. Resolveu saborear deliciosamente a oportunidade.

Abriu a tampa da panela e viu o líquido borbulhando, quente. Sentiu lentamente os diversos aromas que se fundiam num cheiro típico e perfeito do melhor boeuf bourguignon da região. Quase pronto.

Retirou cuidadosamente a rolha da garrafa. Encarou pela última vez o rótulo, e deu um leve sorriso. Uma linha firme nos lábios que abriam em leque revelando os dentes pálidos. Até pensou em dar um gole, mas hesitou. Estava decidido. Derramou todo o conteúdo na ofegante panela. O líquido foi caindo em despedida e ele se deu finalmente por vitorioso.

Recordou-se de algo que carregou com muito carinho do Brasil. Respirou lentamente e fundo. Tinha lembrado do ditado perfeito, quando o líquido verteu seu último mililitro. "O que não mata, engorda!"

Dúvida mascarada

Ele saiu com passos largos do metrô e logo que deixou a estação já foi transformando a pisada firme numa corrida quase atlética. As mãos buscavam desesperadamente segurar todas aquelas coisas do dia a dia e seu corpo estava no automático. Para ele foi difícil se acostumar a levar todos os novos itens de segurança e correr nunca tinha sido seu forte. De máscara era ainda mais penoso, parecia que o ar faltava e sempre que isso acontecia já vinham aqueles pensamentos de contaminados da nova ordem mundial.

Quando entrou na portaria do seu prédio, já foi atravessando a cancela quase que pulando, como se estivesse numa corrida de obstáculos. O porteiro já fez com o olhar um sinal de repreensão e ficou estampado em seu rosto um PARE de advertência.

Ele parou. Tirou rapidamente os sapatos, buscou na mochila os chinelos e de meia permaneceu, guardando logo em seguida na mochila os calçados, sem colocar no saco plástico de fecho automático. Deu um passo à frente. Voltou. Lembrou que não havia passado o álcool em gel da portaria, aquele que ele detestava devido ao cheiro floral e que a reunião de condomínio tinha escolhido. Ele sempre se questionava como havia sido ganhador um odor numa reunião online, para ele não fazia sentido algum. Passou nas mãos.

Avançou para o elevador e diante da porta ouviu um forte pigarro de atenção vindo da guarita hermeticamente fechada. Um som seco metálico que saía da caixa de som instalada do lado de fora. Foi o suficiente para ele se lembrar que não tinha colocado as luvas para chamar o elevador. Com a gravata mesmo, puxando pela ponta mais larga na tentativa de afrouxar o nó, foi apertando o botão. Lembrou-se das câmeras de vídeo, devido às luzes vermelhas que piscavam, e ouviu novamente o pigarro forte acompanhado de uma respiração que mais parecia vinda de um filme de ficção espacial. Buscou e colocou as luvas que estavam enroladas no bolso direito da calça. Ajustou os chinelos, de meia era ruim para correr.

O tempo escorria por entre seus dedos guardados na luva e ele estava para lá de ansioso. Era preciso chegar em casa rapidamente. Não que ele não pudesse ligar para seu amigo do celular, ou ainda trocar algumas mensagens de texto. Mas em casa teria a maior privacidade possível e um assunto importante como este era preciso ligar. Texto algum iria trazer, como na voz, o que ele realmente queria dizer e assim todas as dúvidas poder tirar. Um caso de vida ou morte.

Saiu desesperadamente do elevador e foi caçando com a mão esquerda o molho de chaves preso na alça da calça. Abriu a porta e com a perna impediu o cachorro saltitante de sair. Lembrou-se que tinha entrado com chinelo do condomínio, tirou rapidamente dos pés. Abriu novamente a porta, segurou o cachorro e deixou com a mão os chinelos no tapete de boas-vindas.

Bateu a porta. Olhou para saber se o cachorro estava dentro de casa. Respirou.

Largou todas as coisas ali mesmo perto da porta. Foi logo tirando a calça e a camisa, ficando já de bermueca, que era como ele chamava essas cuecas com cara de bermuda que daria para ele usar na rua em caso de desconfiança de contaminação de alguém próximo. Tirou as luvas.

Passou álcool em gel nas mãos e espalhou pelo corpo, conferindo no quadro próximo à porta se estava seguindo todas as regras da convenção Toulouse 2021.

Depois de pegar apressadamente o celular, sentou-se na sua cadeira gamer e foi no automático ligando para seu melhor amigo.

— Érico! Pode falar? Disse isso retirando a máscara e deixando-a pendurada na orelha oposta à do telefone.

— Fala, mestre! Posso. Diga aí... tô em casa já!

— Cara, me ajuda... estou sem saber o que fazer.

— Calma, bicho. O que aconteceu?

A essa hora toda a correria teria valido a pena e ele agora poderia ter o conselho que tanto buscava.

— Putz, Ericones — era um modo mafioso que os dois tinham de se chamar —, sexta é o aniversário de namoro meu e da Renatinha e não sei ainda o que comprar!

— Porra, Romeu — eles se chamavam sempre assim quando o assunto era sobre namoradas —, você quase me matou de susto — disse o amigo já tomando um gole de cerveja gelada — por que essa preocupação toda? Vocês já namoram há tanto tempo e ainda não sabe o que comprar, puta merda!

— Porra! Não me sacaneia... gosto de fazer algo diferente. Foi assim desde o começo...

— Humm... Vocês já têm três anos de namoro? Me lembro que foi logo no início da pandemia, não?

— Foi! Foi bem no início! Nosso primeiro encontro com beijo foi sem máscara, num lugar fechado, aquele pub de cerveja gourmet que faliu... Cara, gosto muito dela, tô apaixonadão!

— Caramba, tem tanto tempo assim? Cara, eu dei de Dia dos Namorados uma máscara da Mask, para a Manu. Foi caaaaara..., mas valeu muuuuuiiiiiiito a pena depois...

Os dois riram.

— Ericones... máscara não vai ser diferente. Eu quero dar algo assim no Natal, porque aí já compro logo e guardo até a data. Me ajuda, cara! A gente tem até uma lista de coisas que queria fazer juntos, mas preciso que seja algo diferente da lista...

— Como assim lista de coisas? Tá de sacanagem, né!?

O silêncio que se iniciou era como um bom e sonoro palavrão à moda antiga, mas que na boca de bons amigos vira um adjetivo de afirmação. O amigo de longas noites, convertido, a goles de cerveja, em conselheiro, retoma o raciocínio.

— Cara, por que você não compra nessas farmácias gourmet o novo kit de prevenção da stay alive?

— Será?

— Meu irmão... é bom pacas. Vem com seu termômetro de pulso, frasco para álcool em gel, uma máscara de emergência, agulhas descartáveis de teste rápido e tudo isso numa bolsa de tecido autolimpante para o caso de contaminação e ainda com espaço para os cartões de convênio e a saída USB para transferência dos históricos de exames e teste antivírus que você já tenha feito. Você vai fazer sucesso...

— Sei não... Isso me parece algo que o irmão dela pode dar... no próximo aniversário. Quero algo mais personalizado. Pensei em comprar um acesso exclusivo para a próxima live da nossa banda de rock preferida...

— Merrrrrmão! Isso não é exclusivo, é uma live!

— Mas pensei em marcar de entrar online num link de banda larga exclusivo e pretendo comprar o mesmo prato de massa para que seja entregue na minha casa e na dela... Vamos ver a live, jantar o mesmo prato e ainda faremos uma videochamada...

Silêncio ao telefone.

— Péssimo! Nada de beijo? — responde o amigo conselheiro e, quando ele dá indício de que vai continuar, seu paciente completa o raciocínio.

— Ericoneeeee... A gente ainda vai poder se ver sem máscara... é isso! Acho que escolhi!

— Tá ficando pior! — finaliza com ar de intrépido o amigo conselheiro.

— Cara, eu pensei outra coisa, mas é caro, e não sei se consigo comprar agora. Quero poder cuidar dela, sabe...

— O quê?

— Pensei em fazer uma ampliação do plano de saúde dela. Tenho uma prima que trabalha com isso, já vi uns valores e tem alguns benefícios interessantes... mas...

Impaciente, o amigo já começa a desconfiar que esta conversa não vai a lugar nenhum sem uma pitada de ousadia verdadeira. Toma o derradeiro gole da cerveja gelada e num rompante de ideia elabora o que considera sua melhor opção. Solta sua voz como se fosse um juiz de direito anunciando o fim do tempo de argumentação oral.

— Feliz Ano Novo, meu irmão!

— Como assim? Tá maluco? O que isso tem a ver com minha situação?

— Cara, os tempos são outros, tá tudo diferente. Mas nós somos a velha guarda. Pô... a gente andava de ônibus escolar sem cinto de segurança, ia ao cinema e frequentava a seresta da igreja. Putz, até dançamos música lenta com as meninas da época, de rosto colado e sem máscara...

— Tá, mas e daí?

— Como e daí!? Por que você não faz algo diferente... como... sei lá... — Ele então continua a sua inspiração de Romeu apaixonado. — Acho que você poderia sair com ela de mãos dadas por aí, sem destino, num lugar mais afastado, sem máscara, quem sabe até dar um beijo na rua mesmo, algo mais ousado assim.

Novamente o silêncio toma conta do ambiente. O pulso dele já não batia como antes e o ar retornou aos pulmões.

— Adorei a ideia. Posso até ir naquela BR, na plantação de girassóis, é afastado, vou levar o violão e uma caixa de bombom. Perfeito! Valeu! Decidido! Você é fera, Ericones!

— Massa, mas tem uma coisa...

— Quê?

— Não se esqueça de passar álcool em gel na caixa de bombom!

Independência ou sorte

Era uma escola pública do governo estadual. A cidade, a Capital Federal, mais precisamente no bairro da Asa Norte. A metrópole foi projetada majestosamente no formato de uma aeronave, servindo como bússola para os caminhos da nação. Marcada com um "x" por desbravadores no coração do Planalto Central.

A edificação era térrea com um grande pátio central, feita com estrutura metálica e paredes de tijolos maciços. Uma típica construção dos anos 60 feita para durar e com requintes de praticidades, demonstrando seu aspecto público. As salas de aulas tinham grandes janelas e forro de gesso, que transformavam a sala numa estufa durante a época de seca e altas temperaturas. Melhor ambiente impossível.

Os alunos eram todos adolescentes. Faixa de idade dos 15 até os 18 anos. Hormônios, espinhas, guloseimas, beijos e um turbilhão de ideias. Tudo aquilo que sentimos falta durante nossos anos de maturidade. Todavia, é quando cometemos erros e acertos montando o acervo de histórias para serem ditas numa mesa de jantar em família. Quem nunca as contou que atire a primeira pedra!

Maria Rita era a professora de Português do segundo ano. Dedicada e querida pelos alunos. Gostava de fazer debate com todos e sabia escolher livros e temas que causavam polêmica. Naquele dia estava atrasada. Estacionou seu carro e foi correndo para a sala dos professores, pegou seu material e caminhou a passos largos e firmes em direção ao 2º ano B.

Saindo da sala dos professores, já escutou um burburinho, um leva e traz que ela não sabia de onde vinha. Numa olhadela rápida, viu de canto de olho que o diretor estava ao telefone, em pé ao lado da mesa, gesticulando e bufando como se estivesse numa ligação de vida ou morte. No meio do caminho, encontrou seu Deco, o ajudante administrativo, que, depois de um sorriso sem graça, foi completando.

— Corre, professora, vá logo para sua sala. O 2ºB, certo? — falou tomando tanto ar quanto preciso para normalizar sua respiração.

— Certíssimo, seu Deco, bom dia! — Ela não conseguia deixar de cumprimentar as pessoas, mesmo numa aflição daquelas.

— Professora Maria Rita, bom dia! Ótimo que a senhora está indo lá, precisamos de ajuda mesmo. — Essas palavras pareciam de desespero, ele praticamente havia lançado um sinalizador em alto mar.

Ela então respondeu abaixando o tronco de forma oriental. Era fã de Mangá. Foi caminhando na direção da porta. Dentro da sala, não pôde acreditar na cena inusitada que presenciava.

Todos os educandos estavam com suas carteiras viradas de costas para o quadro-negro. Alunos na frente como se estivessem falando em público, outros tantos prestando atenção, alguns anotando e, claro, um com fone nos ouvidos.

— Mas o que é isso? Bom dia a todos!

Não responderem de imediato, a reunião parecia ser bem séria. Maria Rita não era mulher de ficar sem ser ouvida e tratou de repetir, mas desta vez batendo com a palma da mão no quadro-negro.

— Por favor, alguém pode me dizer o que está acontecendo aqui? — A voz dela foi incisiva, não alterou o tom, porém firme. Os alunos já conheciam aquela firmeza e trataram de fazer um silêncio sepulcral. A professora foi quem teve a iniciativa.

— Será que, agora, vocês podem me explicar o porquê de tamanho desarranjo das carteiras?

Escutou-se um único arrastar de carteira no chão de cerâmica. Maria Leandra virou-se e pôs o braço erguido pedindo permissão para falar. A mestra largou o material na mesa do professor e escorou-se nela. — Pois não, Leandra, diga.

Leandra ajeitou-se na carteira e prendeu os longos cabelos negros antes de iniciar sua fala. A menina era decidida e sabia bem o que gostaria de dizer, mas parecia hesitante. Olhou para outros alunos buscando apoio, os quais se manifestaram revirando uns papéis que estavam nas carteiras. Pareciam papéis com anotações.

— Professora, sabe o que é? Tem já algum tempo que estamos com algumas questões... Achamos que hoje poderia ser o dia de tratarmos disso.

— Questões? Como assim? Quais? — Seu tom era de verdadeira curiosidade. Mentalmente começou a relembrar das últimas aulas para saber se ela havia dito ou feito algo que pudesse ser contra o decoro. Nada veio em sua mente.

— É, questões. Mas não é sobre sua aula e nem sobre você... — Sentiu-se aliviada, mas não menos curiosa.

— Antes de você continuar, acredito que isso poderia ser tratado com o representante de classe, onde está o João Carlos? Ele faltou hoje? — A professora achou melhor já seguir a cartilha do diretor para não ter que ser repreendida depois. Não queria dar explicações disso ou daquilo.

— Sabe o que é, professora?! João foi no 1° ano para ver um outro assunto e já deve estar voltando. Eles estavam com uma "briguinha" lá — ela disse isso fazendo aspas com as mãos. — Ele foi ajudar a resolver. Sobre uso da quadra de esporte no recreio. Não vai demorar. Se precisar chamamos ele. Coisa de representante de turma.

Era um corporativismo de casal até bonito de se ouvir. Maria Rita sabia que João era namorado de Leandra, mas não sabia que ela era sua representante. Pensou isso, porém resolveu não comentar. Ela sentou-se mais confortavelmente no tampo da mesa e já ia iniciando a aula, pedindo para desvirarem as carteiras, quando outros alunos tomaram a palavra. Sabia que eram dois bons estudantes, daqueles que acabam fazendo todas as atividades, passam informações para os demais e terminam por ajudar. Achou estranho eles se manifestarem, pois eram bem calados quando se tratava de terem momentos em público.

— Professora! — Um deles tomou a iniciativa e foi tendo o outro como companheiro de discurso. — Acho que falo por mim e por outros alunos.

— Oi, Murilo, você também tem questões para conversar? Sou toda ouvidos, mas poderíamos falar depois de nossa aula ou ao fim dela. — Estava tentando conduzir a conversa para outro rumo, mas foram irredutíveis.

— Na verdade, professora, não é "minha questão". — Ele também disse utilizando as mãos para fazer as aspas. — Podemos dizer que sejam nossas, da turma toda. Não é mesmo, pessoal?

Em uníssono todos começaram a dizer que sim, alguns em fuga, mas ficou claro que havia uma unanimidade entre eles. Maria correu os olhos ao redor da sala e parecia que agora outros também desejavam falar. Leandra ficou observando e tomando nota.

— Mas... — ela tentou argumentar e foi surpreendida pela palavra do colega que estava ao lado de Murilo.

— Professora, nós precisamos de mais liberdade. Tanto o 3° ano quanto o diretor não deixam que sejamos livres para podermos ter a razão como bússola e resolver o que precisamos. Até mesmo em assuntos simples, como, por exemplo, nossa festa de fim de ano.

— Sei, diga-me mais... — Ela estava agora disposta a deixar a água passar no moinho para saber onde isso daria.

— É um dos exemplos, professora... 3° ano quer fazer uma festa e disseram que o som da festa somente poderá ser samba e sertanejo. Queremos a liberdade de ouvir outros sons, o rock e o pop. Todos os sons deveriam ser agraciados. Sem restrição. Mas somente com samba e sertanejo universitário — disse usando também as aspas virtuais na expressão universitário — é que será permitido participar. — Olhou ao redor e outros alunos balançavam a cabeça em sinal afirmativo. — Nada de rock dos anos 80!?

— Ainda tem mais, Murilo! — Gilberto era um aluno bem aplicado e num rompante pediu a palavra. A professora, num olhar direto, lhe concedeu a vez. — Pô, deixou de falar da decoração. Nós acreditamos que seria legal poder colocar alguma coisa sobre matemática, física, química... por que não biologia? Temos como fazer umas brincadeiras bem legais na decoração e a gente poder usar a ciência, deixar de lado essa decoração que ninguém sabe de onde veio, que não é nossa cara, essas coisas sem explicação séria, vindas do além! Não deveriam ser assim. Por que vaso de flor no centro das mesas? Quem disse que tem que ser assim? Onde está a explicação lógica disso? Sempre um ritual sem explicação.

Foi nesse instante que a professora esboçou um sorriso, ela não conseguia esconder. — Como? — Estava diante de uma conversa de que nunca imaginou participar. Ajeitou os óculos de grau, que davam um charme extra a ela e mexiam com o coração de alguns na sala, imaginando que com isso poderia esconder seus lábios arqueados em sorriso. Conteve a risada, ficou com receio de virar uma gargalhada.

— Peraí, gente, vocês já falaram com os alunos do 3º ano? — Pareceu ser a melhor resposta a ser dada.

Quando Murilo ia responder, Leandra tomou a frente e, com a palma da mão esquerda, encostou na barriga dele como que pedindo que desse a ela a oportunidade de agora falar. Ele calou-se imediatamente.

— Ssora — Ela tinha esse modo carinhoso de falar com a professora Maria Rita. — Sabe o que é? Eles se acham os donos da escola, mas nós é que vamos ainda ficar mais tempo aqui. Eles estão de passagem agora, de saída, nem ficam direto no pátio da escola na hora do recreio.

Todos os alunos se entreolharam e as cabeças foram balançadas em afirmativo. — E ainda eles ficam cobrando pedágio da gente quando passamos na porta da sala deles. Antes era um salgado da cantina ou uma bala... mas agora tá sendo mais coisa... às vezes até um cigarro ou um dinheiro trocado. — Ela parecia bem assertiva nas palavras e a reação de todos foi imediata. Alguns de pé e outros bateram os pés no chão. — A gente não consegue ter liberdade de poder fazer nosso próprio recreio, planejar as coisas do nosso modo.

A docente ficou em silêncio, seu processador mental estava acessando os arquivos gravados de como agir numa situação dessas. Recolheu o sorriso, jogou as pernas para frente, o que a impulsionou a saltar do

INDEPENDÊNCIA OU SORTE   149

tampo da mesa, e pôs-se de pé. Antes que ela esboçasse algum som de fala, Leandra ainda completou:

— Queremos — Gilberto e Murilo falaram em coro com ela — falar livremente o que pensamos. E também poder fazer a festa com quem a gente quiser, não precisa ser somente como eles mandam, pode ser do nosso modo também, com as nossas opções e regras, por que não?

O silêncio voltou à mente da mestra. Ela percebeu que deveria falar imediatamente.

— Gente, vocês têm essa liberdade. O diretor Luís Antônio está aqui para isso. — Ela sabia que ele não era o mais acessível de todos e que não gostava de uma conversa muito longa.

O diretor Luís Antônio gostava mesmo era de um bom prato de coxinha. Fã de Elvis e com cabelos brancos, tinha uma costeleta que dizia no rosto quem era seu maior ídolo. Usava roupas apertadas com objetivo ingênuo de esconder a barriguinha da idade. Hábil com as palavras, mas defensor de suas regras e protocolos. Diziam as más línguas que ele havia tido um desentendimento com o Secretário de Educação e por isso ele fora mandado para trabalhar naquela escola. Veio e trouxe uma parte de sua equipe com ele. Seguia fielmente uma cartilha.

O horário já se estendia. A docente em sua paciência havia percebido que esta conversa poderia se alongar mais do que deveria, já estava quase no meio da aula.

— Vamos chamar o diretor aqui e colocar isso tudo em pratos limpos. Prometo que ficarei de mediadora e vamos achar um denominador comum. — Sentiu-se como a professora de matemática ao dizer, até deu uma risada discreta. — Tenho certeza de que uma solução será encontrada. — Ela fez um sinal com as mãos e um aluno saiu da sala para convocar o diretor.

O regente escolar vinha caminhando limpando as mãos sujas de fritura na lateral da calça. Estava curioso com o assunto e fazia algumas perguntas, tentando colher informações para se preparar. O aluno, já treinado o suficiente, soube dar respostas evasivas de forma a não revelar o conteúdo da prosa que estava por vir.

— Mas o que é isso!? Vamos voltar as cadeiras para os seus devidos lugares, por favor! Temos já uma regra estabelecida quanto a isso. — O rechonchudo dirigente falou isso num tom amigável, porém já impondo sua opinião como se não houvesse espaço para divergências. Olhou para a professora, demonstrando um olhar de "depois falamos sobre isso".

— Diretor... — Leandra se precipitou. — Claro que vamos voltar ao normal, talvez pode ser, como vou dizer, o nosso normal, mas...

— Humm, como assim, Leandra, não entendi! — Agora, ele andou diante do quadro-negro, de um lado para outro, com os braços atrás das costas apoiados na cintura.

Iniciou-se uma troca de olhares entre os alunos. A professora percebendo o furdunço tratou de organizar, apontando com dedo indicador uma sequência de quem falaria.

Um por um, os alunos foram dando seu depoimento. Falaram da festa, das regras, do pedágio. Leandra foi ouvindo e fez algumas anotações. Dobrou duas folhas separadas, depois de ter anotado algo, as guardou. O diretor fazia também seus comentários.

— Bem, meus queridos, acho que, em primeiro lugar, devemos lembrar que temos regras e hierarquias aqui na nossa escola. A festa é tradicionalmente feita assim, e serve para também arrecadar fundos para a formatura do 3° ano. — Quando ele disse isso, Leandra já tomou a palavra.

— Mas, senhor — quis dar um tom profissional ao seu palavreado —, não achamos justo ter que seguir a regra deles e trabalharmos para a festa deles. Gostaríamos de tomar as nossas decisões com liberdade. Eles poderiam ter feito isso tudo antes, agora a gente que vai ter que executar o que não fizeram?

— Minha querida — ele adotou um tom ameno e político —, tudo vem no seu devido tempo. Vamos respeitar as regras, afinal eles estão há mais tempo na escola e, como vocês disseram, estão de partida. E quanto a este "suposto pedágio"... — Agora, foi a vez dele fazer aspas com as mãos. — Caso ele exista, vou investigar e tomar as devidas medidas, mas vocês também podem resolver isso entre vocês. — Parecia um pai dizendo a dois irmãos para que resolvessem no quarto uma briga entre eles.

A professora viu que as palavras do diretor não foram suficientes para modificar a situação. Os ânimos tinham aumentado a combustão. Percebeu um burburinho e uma troca de olhares entre todos da sala. Inclusive entre ela e o regente, que reagiu com olhar de indignação. Murilo cochichou algo no ouvido de Leandra.

— Meu querido diretor. — Pronto! Pensou Maria Rita ao ouvir Leandra responder. — Somos como uma planta num apartamento que precisa trocar de vaso, novos ares, tomar do sol a energia da liberdade. Somos todos iguais aqui na nossa sala. Estamos juntos desde sempre, somos irmãos fraternos. — Leandra se revelara também muito hábil com as palavras. Uma leitora feroz e assídua. Ao falar isso, pôs-se de pé.

— Acredito que todos devem respirar um pouco e não temos necessidade de uma conversa tão longa. Este tema pode ser retomado com mais calma e naturalidade. — A mestra resolveu colocar panos frios a fim de arrefecer os ânimos.

Luís Antônio, agindo como administrador escolar, parou diante de Leandra, bateu uma mão contra a outra numa palma seca e arguiu:

— Pois bem, o que você sugere, senhorita! — Leandra, antes mesmo de ele se dirigir a ela, havia entregado um daqueles papéis dobrados a Gilberto, que saiu à francesa da sala de aula. — Ainda tem uma coisa, acho que este assunto eu poderia tratar com o representante de turma, e não com a senhorita diretamente. Vejo que ele não está na sala agora. Está?

— Senhor — ela respondeu com a mesma formalidade da pergunta —, queremos poder escolher mais sobre como será nossa festa e nosso futuro. Queremos estar separados disso tudo. — Leandra olhou para os demais colegas de turma, que balançaram a cabeça de forma positiva. Até o aluno de fone no ouvido ensaiou um leve bater de palmas.

A professora viu pela janela da sala um movimento estranho no pátio. Gilberto estava falando com João Carlos, que segurava um papel aberto. Era o papel que Leandra havia mandado.

João demonstrou um olhar sério e abriu os braços reunindo outros colegas que estavam com ele. A breve reunião acabou com João pegando de sua mochila um pano branco dobrado e caminhando em direção aos mastros de pavilhão que ficavam no centro do pátio.

A docente de dentro da sala não ouvia mais nada que o diretor falava com seus pupilos. Estava de camarote, matando sua curiosidade, assistindo ao que o representante de turma fazia no mastro.

Ele foi desdobrando o tecido branco que se revelou tão grande quanto um lençol. Nele havia desenhado à tinta um símbolo. Um número dois grande, em preto, cortado com um tridente azul com as pontas amarelas, na diagonal, fazendo uma parte do dois lembrar a letra B. 2B? Não, 2º B. Não apenas um símbolo num lençol branco, era uma bandeira!?

Isso assustou e atormentou. Deu uma cutucada de leve no braço do diretor, que se calou no mesmo instante. Leandra e os demais alunos perceberam o silêncio e ficaram mudos, estáticos. Parecia que eles já sabiam o que se passava lá fora.

Tanto a professora quanto o diretor caminharam em direção à janela. Lá presenciaram a cena que nunca vão esquecer em suas vidas.

João Carlos já havia fixado o lençol nas cordas do mastro e estava erguendo-o. Alguns alunos, ao lado dele, esboçavam largos sorrisos e estavam eufóricos. Gilberto batia em seu ombro em sinal de apoio. O tecido chegou no cume e o vento o abriu com toda pompa e circunstância. Maria Rita tinha a confirmação, tratava-se realmente de uma bandeira. A bandeira do 2º ano B. O diretor restou imóvel estupefato.

Deco, que limpava o piso do pátio com uma mangueira de jardim, ao ver isso ficou tão surpreso que largou a mangueira no chão. A água esguichou forte e ficou correndo ao lado dos alunos próximo ao novo pavilhão que flamulava.

— Livres!!! Somos agora uma sala livre e independente — disse Leandra na sala de aula. Uma salva de palmas veio em sequência. Alguns diziam seu nome, outros diziam o nome de João Carlos. O aluno de fone no ouvindo simplesmente bateu palmas, esboçando um sorriso sonolento.

— Mas o quê!?!?! — Foi o único som que saiu da boca do diretor. Uma fala tímida.

A docente tirou seus óculos e os pendurou com as hastes dobradas na parte da frente de sua blusa. Caminhou até sua mesa de trabalho, puxou a cadeira e se sentou. Apoiou os cotovelos na mesa e passou umas duas ou três vezes as palmas das mãos no rosto. Respirou fundo, tomando ar.

Estava exausta mentalmente. Olhou ainda pela janela e viu Gilberto e dois colegas falando com outros alunos do primeiro ano que davam a eles pães de queijo da cantina, como se já pagassem pedágio.

Sua reação foi olhar para alto e pensar: "Independência ou Sorte".

Milkshake

Madrid, 1997, junho, 15h15, 32 °C.

— Que calor dos infernos é esse!? Não acredito que terminei minhas férias em Fortaleza e vim a trabalho para um lugar ainda mais quente! Meu sangue cearense não está acostumado a passar calor fora do Ceará. Aqui é a Europa e não Cabrobó! — André era daqueles cearenses que não perdia a piada, mesmo correndo o risco de perder a amizade. — Vou falar com o mestre assim que retornarmos ao Brasil, esse negócio de congresso internacional de doutorado é para ter glória e não perrengue!

— Calma, meu irmão, veja pelo lado bom...

— Lado bom!!?? Estou suando como uma pamonha e daqui a pouco minha pele vira pururuca, não vejo nada de positivo nisso! — Todas as referências possíveis para a indignação!

— Você nem tem tanto tecido adiposo assim, meu amigo. — Não resisti e precisei fazer um pequeno deboche. Afinal, não era sempre que ele deixava a bola quicando na minha frente. Não pensei duas vezes e meti para o gol. — Sim, o lado bom... estamos aqui ainda de turista, nosso congresso ainda começa em dois dias. Você não está de gravata. Poderia ser pior.

— Se estivesse no congresso usando gravata, provavelmente estaria num salão com ar-condicionado e um copo de água gasosa com muito gelo. *Beaucoup de glace*, como dizem os franceses.

— Isso é verdade. — Ambos demos uma larga e sonora risada. Não muito demorada, pois realmente o calor estava fora da realidade. André andava e olhava de um lado para o outro, buscando alguma coisa para refrescar nossas línguas de papagaio.

— Sabe o que é ainda mais terrível? — Percebi um tom de ironia como também de indignação na voz do meu amigo de doutorado.

— Não, jovem, o quê?

— Eles ainda estão na "Siesta"! Tudo está fechado! Estou quase batendo à porta de um restaurante, nem estamos na Bahia!

— André, André... isso pode ser mal interpretado! Que maldade a sua, citar a Bahia assim. Além disso...

Meu encalorado amigo me interrompeu pegando no meu queixo e virando minha cabeça em direção a uma pequena loja com cara de lanchonete. Vendia *bocadillos*. Estava aberta.

— Não acredito!!! — Já na entrada André reclamava, como sempre. — Que fila é essa? Vocês não deveriam estar dormindo? — Cheguei bem perto dele, quase no pé do ouvido. — Não fala alto assim, eu tenho por mim que entendem tudo que falamos.

— Que nada! Vamos logo matar essa sede que nos tortura e enfrentar a fila.

O cearense tinha uma teoria de que os espanhóis fazem que não entendem o português por conta da rixa ibérica antiga com o vizinho lusitano. Por conta disso, acho que ele adorava provocar. Eu não compartilhava desse pensamento, até testemunhar um fato inusitado que pretendo dividir com você, amigo leitor. Não tenho como provar, mas também não me sinto obrigado a isso. Busco aqui seu bom senso e sua nobre razão para que faça você mesmo o julgamento de minhas palavras. Já que esteve comigo até aqui, não tem por que abandonar esta oportunidade única. Mate sua sede de curiosidade. Pois bem.

O importante é que enfrentamos a fila e pelo menos havia um ventilador (mais rangia do que girava) que espalhava poeira. André ficou na minha frente. Falava feito um louco e eu o ouvia atentamente com um ouvido e com o outro tentava capturar o que as pessoas na frente pediam. Tenho o axioma pessoal de que nessas horas o pedido mais solicitado é o mais gostoso. Meu parceiro de fila não parecia ligar muito para o momento do pedido, ou já sabia o que iria comprar ou não tinha a menor ideia.

Dito e feito.

Na vez dele, acabou ficando parado, imóvel, olhando para as fotos que normalmente ficam presas no alto, nas costas do atendente de caixa. O rapaz do caixa esperou aproximadamente alguns segundos e quando começamos a ouvir pigarros na fila, depois de mim, ele simplesmente soltou uma palavra sem olhar para André:

— *Siguiente*!

Essa exclamação era um óbvio chamado para meu amigo se decidir ou sair imediatamente da fila. Vi que nem uma coisa ou outra estava prestes a acontecer. A solução do impasse caiu nas minhas mãos, assim como o futuro de nosso lanche. Dei um passo para tomar posição.

Não tive dúvidas do que fazer. Na verdade, já sabia o que escolher, mas para não dar um ar completo de turista, peguei o cardápio, corri os dedos (sem ler absolutamente nada) e fui logo fazendo meu pedido. Arrisquei meu espanhol macarrônico.

— Por favor, *un bocadillo de queso com jamón y una cerveza*. — Em outras palavras, fui no tradicional misto-quente com cerveja. Não queria correr nenhum risco de errar.

— *Sí, claro*! — O atendente começou a digitar na máquina registradora, falou o valor e paguei. Foi tudo muito rápido e seguro. Em minutos eu tinha, na minha frente, um copo de cerveja estupidamente gelada. Sucesso na minha empreitada. Peguei minha bandeja e fui imediatamente tomar um lugar.

Claro que depois de sentar dei um demorado gole. O líquido gelado foi matando toda aquela sensação de cansaço e calor. Quando abri os olhos, André estava na fila gesticulando para o atendente e eu não soube dizer se era uma briga ou pedido de socorro.

Larguei meu lugar, mas antes finalizei meu copo. Fui apertando os passos.

— O que está acontecendo, André? Vamos com isso, tem gente na fila...

— Macho! — Vi que seu sangue estava mais nordestino que nunca. — Estou quase para dar uma bifa nesse espanhol aqui. — Ele apontou com o olhar para o caixa, que me olhou em paisagem. Ainda continuava sem entender nada, quando André tomou a frente da explicação... — Eu fiz meu pedido e ele se recusa a registrar.

— Recusa? Como assim? Impossível, estamos numa loja.

— Recusa! — Meu nobre impaciente amigo posicionou-se na frente da fila novamente e começou a repetir seu pedido. — *Un bocadillo de pepperoni con queso brie y una cerveza.* — Percebi que meu amigo tinha omitido o "por favor". Antes que eu falasse alguma coisa, o caixa me interrompeu...

— *No se ve bien así. Mejor con queso manchego y jamón pata negra, supongo.*

— Viu? Não acredito nisso! Merece ou não uma bifa!? — Meu amigo demonstrava sinais claros de trocar o sorriso por algo mais intenso. Eu fiquei alguns segundos refletindo o que fazer, que resposta dar. Trocava olhar com o atendente, que parecia entender tudo que falávamos e tinha um leve e discreto sorriso no rosto.

— Calma, André, você sabe como são esses assuntos nacionalistas. Você pediu algo com queijo francês e salame italiano. Justo na terra onde há grandes exemplares gastronômicos desse pedido seu!! O que acha de ceder e testar o paladar, afinal você precisa mais da cerveja gelada ou do sanduiche? — Minhas palavras fizeram eco e antes dele responder o atendente se pronunciou.

— *Entonces?* — Essa era a deixa que eu queria e dei uma cutucada no lombo do cearense.

— Que é!?!!? Olha, isso me deixa indignado! — Vamos, amigo... — *Un bocadillo con queso manchego y jamón pata negra, por favor.* — A diplomacia havia vencido! O caixa começou a registrar o pedido e parecia cantarolar enquanto fazia isso. Resolvi ignorar, torcendo para que meu amigo não percebesse. Antes que eu iniciasse minha comemoração íntima, André continuou...

— Y, por favor, um milkshake tambien.

Silêncio.

— *Milshake, no lo sé.* — A resposta era uma clara negativa. Havíamos entrado em campo de peleja novamente.

— Como não?! — Meu amigo já tinha perdido uma vez mais o seu "por favor" e eu cutucava suas costas tentando enviar uma mensagem cifrada. — Pare com isso, macho! Vixi que tô perdendo a paciência com este cabra!

— André, resolve isso, cara! Vamos ser extraditados desse jeito. — Tentei uma cartada desesperada, mas a plateia não tinha cara de muitos amigos mesmo. Eu, até hoje, meu amigo leitor, acho que eles estavam entendendo todo o nosso português, mas não tenho como provar essa teoria. Isso deve ter as raízes nas disputas ibéricas. Caso o leitor tenha esse conhecimento, que se manifeste.

O mais prudente seria rapidamente resolver esse impasse. Na partida de xadrez que jogávamos, minha tentativa era de proteger o Rei. Antes que eu fizesse um roque grande, André se manifestou.

— Vou falar outra vez, caprichar no meu sotaque britânico, ele há de entender. — O cearense estava decidido a pedir sua sobremesa. Disparou. — M.i.l.k.s.h.a.k.e. — Tal qual um lord londrino.

— *Milshake, no lo sé.*

— Maaacho!! Estou quase perdendo a paciência com este cabra! Merece mesmo uma bifa!

— André, deixe esse milkshake para outra vez, em outro lugar. Você já tem a cerveja. — Fui colocando panos quentes. Realmente estava começando a ficar preocupado com o andar da carruagem. Nem olhava para o resto da fila com medo dos olhares e do que poderiam transmitir.

— Nunca! Alguma vez você já me viu desistir assim, nem mesmo no mestrado! Vou ensinar ele a fazer minha sobremesa, não tem erro. — Sabia que tinha algo de pior e mais desastroso para acontecer, mas confesso ao amigo leitor que nesse ponto até eu havia iniciado um sentimento de cólera pelo caixa espanhol. Estava me sentindo o próprio Atahualpa e aquele caixa Pizarro não iria nos vencer. — Se ele não entende meu inglês, vai ter que entender o meu melhor espanhol. — Agora, sim, seríamos expulsos do país.

— Milkshake! — André disse isso e espalmou a mão direita no ar como que dizendo ao caixa que iria prosseguir. Ele entendeu, pois balançou a cabeça positivamente. André soltou a Little boy dele. — Tu (apontou com o dedo indicador para o peito do caixa, quase tocando nele) piegas duas buelas de sorvete i colocas num cuepo de viedro e batchê com leitchê. — Pronto! Extraditados com certeza! O madrilenho arregalou os olhos e fechou a cara. Todavia, ainda prestava atenção. Meu parceiro ainda resolveu detonar. — E batchê o sorvete com leitchê assim... um poquito para lá, um poquito para cá, batchê um bocadito mais. Siempre batido. — Disse isso olhando para mim. Meu amigo leitor, acredito que você, assim como eu fiquei na hora, está sem entender se esse discurso era sério mesmo. As palavras não poderiam levar à solução de nada. A primeira crise diplomática entre Brasil e Espanha estava prestes a incendiar os jornais. Seriam essas palavras uma tentativa de ajudar a si mesmo ou ainda um ato de desespero de fuga em pular da beira do precipício? Deixo aqui a indigesta reflexão ao leitor.

Fato é que o espanhol, para meu espanto, levantou o dedo polegar e disse em alto e bom som.

— Batido? — O rapaz fez um gesto com a mão como se dissesse para que aguardássemos e retirou-se do caixa.

— André! Vamos sair daqui...? — Mas meu intrépido amigo não recuou e lançou um olhar transmitindo um sinal de "aguarde".

Voltou o atendente com uma placa de acrílico na mão, aquelas inclinadas que ficam no balcão de lanchonete, onde havia uma foto do que parecia ser um delicioso e gelado milkshake de chocolate.

— Batido? Batido? — Indagou o jovem com um sorriso vitorioso no rosto e golpeando com o dedo indicador a placa.

O cearense mais arretado daquela fila acochou o pé esquerdo no chão, tomou rapidamente a placa das mãos do jovem espanhol e retrucou.

— Não! Milkshake!

A mulher, o cara e a máscara

Como todo ritual de sexta-feira à noite, eu voltava da academia exausto, tomava um banho e capotava em casa. Não era a academia que me matava, mas toda a semana de trabalho, o leva e traz de documentos e reuniões. "Essa rotina de ficar em casa é que vai te matar!", dizia meu primo mais velho, que adorava uma saída noturna. Ele sabia toda a programação da cidade, os melhores e os piores lugares, assim como onde encontrar as pessoas certas.

Afinal, eu ficava me perguntando o que ele queria dizer com "as pessoas certas". Eu mesmo poderia ser a pessoa certa ou ainda a errada! Certamente, sempre há um ponto de vista, uma perspectiva que pode ser muito diferente da nossa. Houve um dia em que, pensando sobre opinião distinta uns dos outros, me ocorreu um pensamento: "Da Terra vemos, como terráqueos, as fases da Lua. Porém, um suposto lunático, veria da Lua, as fases da Terra?". Na busca dessa resposta, percebi que a vida é um pote de moedas, todas juntas, planas e com dois lados. Esse raciocínio sempre me motivou, como mola mestra para me fazer sair de casa.

A comemoração de São Patrício me pareceu o dia ideal para romper com minha rotina. Ou melhor, a noite ideal. Guiado pelo meu primo, fui a um pub irlandês, nada mais apropriado. Apesar de ser uma data completamente importada e enlatada, o que eu buscava era uma IPA gelada, música de qualidade e uma boa conquista. Restava saber de quem seria a sorte. Aquela que certamente seria minha conquista ideal, certeira e sem chance de fuga.

Escolhi minha melhor combinação de roupas escuras, afinal, à noite, aparentemente, todos os gatos são pardos. Meu melhor perfume amadeirado tabaco e, claro, a máscara mais discreta, preta. Esse hábito ainda fica preso às minhas raízes desde quando era um pré-adolescente, fã de mangá, em 2019. O fantasma de uma contaminação ainda ronda nossa porta e é muito comum usar um dispositivo de proteção, não saio sem o meu. A devastação que pessoalmente sofri foi uma dura universidade de treinamento e conscientização. Não me arrisco, mas aproveito, propiciamente, para me esconder e esquivar. Um modo discreto de olhar sem ser visto, mirar e acertar com uma cápsula apenas. Esta era minha noite, seria a minha vez. Me arrumei ao som de Red Hot e saí.

"Tripulação! Portas em automático."

A ideia do pub foi proposital. A música ao vivo me ajudaria e seria uma aliada na minha busca. Estava me sentindo na própria savana, caçando, de bermuda, chapéu e tudo mais que tinha direito.

O lugar era escuro, com iluminação propícia a uma conquista. Uma música ambiente aconchegava todos e ao som de A-ha comecei minha jornada, tal qual um farol perdido em algum lugar entre Larne e Belfast. Meu primo me mandou uma mensagem de texto perguntando se já estava cheio e se valeria a pena ir. Achei interessante o "valer a pena" e respondi que estava bombando, que ele iria perder. Para mim, eu estava arrasando.

Enquanto os músicos estavam chegando e montando os instrumentos, tive uma troca de olhar.

Ela era alta e esguia. Usava uma saia longa preta, uma camiseta do Queen e tinha os cabelos avermelhados escuros, longos e ondulados. Uma silhueta marcante e os seios se destacavam no decote. Usava uma máscara preta com um trevo de quatro folhas bordado de verde no canto inferior. Segurava uma Guinness em uma das mãos, fato que me chamou muito a atenção. Bebíamos assim, afastando a máscara, dando um jeito de saborear e ainda apreciar o local ao redor.

Lancei um olhar mais carinhoso de boas-vindas e levantei minha caneca fazendo menção a um brinde. Ela me respondeu balançando a cabeça. Bingo! Havia mordido a isca, agora era preciso puxar a linha sem tensão.

Minha aproximação foi ainda com troca de olhar, mas tanto eu quanto ela não tiramos as máscaras. Ao lado dela, provoquei um brinde e começamos a conversar. Nem me lembro exatamente do início da conversa, mas sei que, quando percebi, já estávamos rindo, falando sobre música, hobbies e viagens. Ela mexia no cabelo de tempos em tempos e eu estava já de braços descruzados.

Eu avançava, passo a passo, pé ante pé dentro da savana. Logo seria ouvido o estopim do tiro e a barulhenta revoada dos flamingos no lago raso. Eu não tinha como falhar, era certo.

Como ela era cheirosa! Sua voz, mesmo de máscara de tecido, era doce. Não falávamos alto, porém, quando a banda começou, resolvemos, a pedido dela, nos afastar um pouco para ouvirmos melhor um ao outro. Minha carretilha trazia a linha sem esticar muito.

Mais um passo firme.

Resolvi buscar a terceira cerveja para cada um de nós e usei esse fato para me aproximar um pouco dela. Falar ao pé do ouvido. Ela recuou. Me olhou profundamente nos olhos.

— Muito obrigada pela cerveja. Você é muito gentil. — Deu um discreto passo para trás. — Não me leve a mal, mas tenho alguns protocolos, não quero ficar doente. Você entende, né?

Isso foi decepcionante, porém mexeu ainda mais com minha vontade de saber a respeito dela. — Claro que entendo, não podemos brincar com essas coisas. Eu penso como você.

Realmente pensava como ela, mas eu mesmo estava quebrando minhas regras, o desafio era mais instigante.

Ela apertou singelamente os olhos e presumi que, por detrás da máscara, havia um belo sorriso. O modo como mexia o quadril e pegava nos cabelos dela mesma atingia em cheio minha produção de testosterona. Percebi que o olhar dela me dizia muito e o sucesso das minhas palavras estava evidente. A banda tocava e tocava, igual a um LP, mas eu tinha a sensação de ainda estar na primeira faixa, no lado A do bolachão.

Nos permitimos um tocar de mãos. Depois passamos álcool em gel. Trocamos mais olhares e falamos, falamos muito. Tive um impulso de ousadia e peguei na cintura, ela olhou para mim e novamente apertou os olhos. Meus passos na savana estavam firmes e com a vitória certa e completa. Questão de tempo, pensei.

Meu Deus! Como eu queria tirar a máscara, arrancar a dela e roubar um beijo pegando com minha mão sua nuca. Todavia, esse era ainda apenas um pensamento, um plano que eu executava com maestria. Ela agia como eu a conduzia. Minha mente vagava...

— Você está longe, pensando em alguém? Algo te incomoda? — Ela quebrou meu raciocínio, me apertou contra a parede, mas deixou a bola quicando na minha frente.

— Estava pensando mesmo. Pensava em você. Como deve ser a sua boca, de como quero roubar um beijo seu. — A carretilha já tinha corrido toda a linha e a catraca estava travada.

Ela deu uma gargalhada, que, para mim, foi mais alta que a banda.

— Menino! Você sabe mesmo como deixar uma mulher sem graça.

A linha parecia estar mais tensa agora.

— Que isso... estou somente dizendo o que penso e sinto. Gosto de ser sincero. — Disse isso e fui fazendo sinal para um garçom, como que pedindo mais duas cervejas.

Ela se aproximou do meu ouvido direito.

— Gosto disso. Adorei seu perfume... — Sua respiração me fez arrepiar.

Parecia que ela tinha agitado a todo pano e fincado no chão uma bandeira quadriculada branca e preta. Eu me aproximei mais, porém uma das mãos dela no meu peito, me deteve.

— A gente não se conhece ainda... como vou saber se você não tem sintoma algum?

Essa pergunta me pegou de surpresa. Não consegui uma resposta de imediato, ela foi ainda completando:

— Vamos falando, conversando. Temos uns dias para nos conhecermos melhor. Sem pressa, menino! Bom que a gente não precisa tirar a máscara agora. — Senti a catraca abrir e a carretilha disparar em direção ao mar profundo. Marlin Azul estava fugindo. Os flamingos repousavam tranquilamente na água.

— Concordo com sua preocupação e entendo você. — Não pensei em nada melhor, não estava de acordo comigo mesmo, mas disse assim, de qualquer modo, sem pensar direito. — Eu não sinto nada, sem febre, tenho olfato e paladar. Não tive contato com ninguém contaminado. E você?

— Estou como você. Estou bem também, contato zero!

Isso foi um alento e senti ter dado um passo firme em direção ao beijo. Ela falou isso e posicionou-se de lado, se afastando. Não entendi foi nada. Minha vontade de beijo e curiosidade mexiam comigo.

— Tem outra coisa, não gosto de tirar a máscara. Já vou dizer logo para não ser uma surpresa para você.

— Eu também não gosto. Uso minha proteção com parcimônia.

— Você não entendeu... Vou ser direta. Não gosto da minha boca e nem do meu nariz. Tenho um nariz meio mistura de curdo com romano. Não gosto e ponto.

Eu nem sabia que havia tipos de narizes diferentes. Fiquei uns segundos quieto. Foi minha vez de agora apertar os olhos.

— Que isso, você deve ser linda. Alguém com uma voz dessa, elegante, não pode ter um nariz feio. Acho que seu parecer não conta, é por isso que devemos tirar a máscara. Minha opinião é que vai prevalecer.

— Nada disso, você não vai me convencer. Detesto este nariz, e vamos ter que ficar de máscara, por favor... — Falou isso com uma voz mais doce, perto do meu ouvido, deixando um beijo estalado no ar. Novamente fiquei arrepiado.

Meu coração disparou.

— Você não está sendo justa comigo. Não tenho nada que me desabone, sou saudável e não vou julgar seu nariz. — Quase disse que o que eu queria mesmo era beijar longamente aquela boca mascarada.

Ela pegou minha mão e fez meu dedo passar levemente por cima da máscara, percorrendo o nariz dela, de cima para baixo. Esse movimento foi lento, pareceu uma eternidade.

— Viu? Não falei? Nariz romano. — Trocamos um olhar profundo e íntimo. Eu continuava sem entender o que poderia ser essa classificação de nariz e a descartava completamente.

Puxei minha mão rapidamente. — Infelizmente, você ainda não me convenceu, meu amor. — Resolvi responder com mais intimidade, era minha única forma de colocá-la contra a parede.

Ficamos mudos. Dançando e olhando profundamente um para o outro. A banda tocava Whitesnake e isso embalava silenciosamente os pensamentos de cada um de nós. Senti sua visão anestesiada e isso demonstrou meu caminho para a vitória. A savana não estava tão insólita assim. O olhar dizia muito. Sem dizer uma palavra sequer, trocávamos desejos e beijamos um ao outro. Tudo sem se tocar. Ambos mascarados, olhando e dançando. Juntos e separados à distância de uma máscara, um exame, uma dúvida.

Minha mente trabalhava na solução desse enigma e ela parecia me olhar e dizer "decifra-me ou devoro-te!". Num rompante de astúcia, puxei meu celular e mostrei a ela meu comprovante de vacinação do ConecteSUS. Lembrei-me de fazer isso, sabe-se lá como. Ela apertou os olhos, puxou o celular também e fez o mesmo. Ambos vacinados e revacinados dentro do limite e sem sintoma algum.

Rimos e dançamos mais próximos, soltos.

Demos as mãos. Pude sentir sua pele macia. Mãos de seda que recebiam em repouso as minhas mãos ásperas de alergia ao álcool em gel. Fomos chegando perto um do outro, quase um abraço e eu sem me segurar, ao pé do ouvido, não contive as palavras, que saltaram de minha boca. Caíram como se fossem laranjas correndo do saco de mercado rasgado.

— Vamos sair daqui? Chega de banda, de música, de gente. — Ela apertou mais ainda minha mão. — Eu te levo em casa.... — A carretilha estava tracionada novamente.

— Não. Prefiro ir na sua casa.

Saímos, ambos de máscara e de mãos dadas. Fomos pagar a conta.

Não foi preciso mais que dez minutos para conseguirmos um Uber. No caminho eu ainda tentei argumentar, mas tudo em vão:

— Meu lindo... não faça isso. Eu não gosto mesmo, estamos indo tão bem. — Ela aproximou-se de mim, encostou a cabeça no meu pescoço, achando uma posição de aconchego. Segurou minha mão e ficou em silêncio.

Essa pausa no som, sem fonema e beijo, foi uma experiência nova para mim. Meu sentimento era de que tinha dado tudo certo, estávamos indo para minha casa, porém eu ainda não me sentia saindo feliz, dando as costas para a savana e segurando firme a vitória nas minhas mãos. Mesmo assim, permaneci no barulhento silêncio do caminho. A mente contava quantas garrafas de cerveja eu ainda tinha na minha geladeira.

Chegamos agarrados um ao outro. Ofereci um lugar ao sofá e tratei de oferecer mais uma garrafa de uma boa IPA.

— Eu aceito, quero dividir com você, meu lindo.

Todo meu plano ocorria conforme gravado no córtex. Fui à geladeira buscar nossa cerveja, duas taças e um saco de amendoim japonês. Quando retornei, vi que a sala estava em penumbra. Ela de máscara, sentada, e eu com coração acelerado.

Sentei bem perto e ficamos um bom tempo conversando, ouvindo boa música e bebendo. Ainda não tinha me acostumado com a ideia dela beber levantando um pedacinho da máscara, sem tirá-la toda. No pub, tudo bem, mas, na minha casa, pareceu-me exagero. Respeitei.

Foi uma conversa imensamente confortável. Parecíamos conhecidos de muitos anos. Toda vez que eu a encarava, ela desviava o olhar e logo em seguida mexia no cabelo, fazendo eu sentir uma vontade ainda maior e louca de arrancar a máscara, roubar o mais longo beijo da história.

Fomos nos aproximando. Juntos cada vez mais. Até o instante em que senti novamente sua mão no meu peito, impedindo meu avanço.

— Apague as luzes todas, você sabe que não gosto, não vamos estragar tudo agora...

Nem foi preciso ela repetir nada. Os olhos marcantes estavam fuzilando meus batimentos. Apaguei o restante das luzes.

Sentamos próximos e não dissemos uma palavra sequer. Quando dei por mim, estávamos abraçados. Um abraço bom, longo e verdadeiro. Pelo menos eu estava bem à vontade, livre das amarras e do sol escaldante da savana.

A MULHER, O CARA E A MÁSCARA

Esse abraço foi substituído por carícias. Dei um beijo no pescoço. Fiquei arrepiado quando ouvi ela respirar ofegante. A sala estava escura e meu coração batia tal qual o motor de um carro a combustão carburado.

O passo seguinte foi segurar sua cintura e de lá, na escuridão da sala, tirar a máscara dela e beijar. Foram dois, três, quatro, cinco beijos longos. Perdi a conta na verdade. Foram tantos os beijos recíprocos que acabamos na minha cama.

Nem senti a falta de luz. Até hoje acho que nossos corpos, nus, brilhavam devido à forte energia trocada. Sentimos a presença um do outro pelo tato, sabor e odor. Era tudo uma deliciosa imaginação trocada, mútua.

As marcas da noite passaram e nosso suor se misturava ao sabor amargo da IPA gelada que bebíamos. Quando sentimos os corpos exaustos, sugados... adormecemos lado a lado, abraçados.

Não percebi o dia amanhecer, mas fui acordado com alguns raios de sol queimando estrategicamente minha pálpebra fechada. Ainda com os olhos pesados, tateei a cama e, para meu espanto, ela não estava lá ao meu lado.

Levantei correndo, num pulo. Imediatamente fui ao banheiro para ver se a via.

Boxe molhado. Tinha usado minha toalha de banho e havia deixado um delicioso perfume como rastro. Quem sai de casa com seu próprio perfume na bolsa?

Banheiro vazio.

Ao voltar para o quarto, vi que as roupas dela haviam sido retiradas e que a casa estava em silêncio total.

Preso na porta da geladeira com um dos ímãs, havia um bilhete.

"Lindo,

Obrigada pela companhia e pela deliciosa noite de ontem."

Assinou com beijo marcado pelo batom vermelho-escuro que eu não pude ver a noite inteira. Ela tinha ido embora e nem sabíamos o nome um do outro. Eu era o "lindo" e ela era "você". Não trocamos os contatos. Fechei os olhos buscando a lembrança do rosto dela, mas somente vinham à mente os olhos e o tecido da proteção.

Olhei para a maçaneta da minha porta e tinha lá pendurada uma máscara de pano com um trevo de quatro folhas verde bordado.

Quando tomei a máscara nas minhas mãos, pude sentir o mesmo perfume do banheiro. Meu coração disparou novamente. Dei um sorriso largo e claro. Soltei uma gargalhada gostosa.

Eu, que tinha saído ontem direto para a savana, estava me sentindo agora uma zebra.

O médico e a paciente

Num ambulatório qualquer... perto de você...

— Maria das Graças Lima da Silveira! "Tic-tac"... Passava o tempo sem haver uma resposta. Maria das Graças Lima da Silveira!

— Sou eu messsma, doutô!

— Me acompanhe, por favor, consultório 4. Bom dia!

Dr. Marcos Garcia era um ortopedista de meia-idade. Trabalhava no hospital central da capital federal. Numa manhã típica de ambulatório, era possível ver e ouvir de tudo, diversas situações. A vida como normalmente é: um DNA humano enrolado e complexo.

— D. Maria das Graças, prazer, o meu nome é Dr. Marcos Garcia, pode me chamar de Dr. Marcos. Como vai a senhora? Em que posso ajudá-la?

— Doutô, tenho umas dores nas costas e no ombro direito, que não passam e estão ficando cada vez piores. Tá muito ruim, e não vejo por de melhorar!

— Hummm.... qual a idade da senhora? A senhora nasceu onde?

— Sessenta e dois. Sou do Nordeste, filha de pernambucano com paraibana, mas nasci no Ceará. Vim pequena para essa cidade. Sabe como é... aquela tentativa de vida mió!

— Certo, um minuto que estou anotando em seu prontuário. Adoro o Ceará, belo estado, praias e comida. E sua profissão?

— Sou passadeira e diarista. Trabalho em casa de família.

— Profissão que trabalha muito em pé e com movimento repetitivo, né, D. Maria? A senhora trabalha em que horários? Provavelmente o dia todo... naquela rotina de sempre. Tem pelo menos um rádio para ouvir uma música ou pegar uma novidade da novela!?

— Pela Nossa Senhora, doutor, trabalho muito, tem vez que inté domingo. Nesse dia trabalho em casa mesmo (é quando vou arrumar a casa...) — disse D. Maria com um largo sorriso cativante, revelando as rugas e os anos de esforço labutar repetitivo. Cabelos tingidos, mas com as raízes já claras, preso firmemente com uma presilha de metal com laço de plástico marrom-claro.

— Vou fazer um exame clínico na senhora e pedir que faça comigo uns movimentos de braços para que eu possa avaliar melhor. Sente-se aqui nesta maca e use esta escadinha. Segure-se na minha mão.

Dr. Marcos iniciou um exame clínico, verificando cada detalhe. Observou atentamente os movimentos da paciente e finalmente pediu que ela se sentasse na cadeira junto à mesa de atendimento médico.

— D. Maria, vou passar uns exercícios e alongamento, gostaria que a senhora os fizesse no fim do dia e antes de trabalhar. Tome também esta medicação de amostra grátis durante uma semana. Após os remédios terminarem, continue com os exercícios e volte em trinta dias. Vou lhe ensinar agora os exercícios e alongamentos que são importantes para sua recuperação e devem ser feitos todos os dias. Alguma dúvida?

Encerrada a consulta, D. Maria agradeceu muito, olhando meio que desviando o olhar e se foi.

Trinta dias depois...

— Maria das Graças Lima da Silveira!

D. Maria se levantou apoiando no braço da cadeira com dificuldade e veio caminhando lentamente em direção ao consultório. Dr. Marcos, já com a mão estendida, ofereceu um sorriso de boas-vindas, com as sobrancelhas cerradas em tom de curiosidade.

— D. Maria!!! Que prazer ver a senhora novamente em meu consultório! Tudo bem?

— Tudo bem nada, doutô. Ainda tenho estas dores que não passam, pobre sempre que tem que ser assim, dolorido e sofrido mesmo, não tem jeito! É roupa, é ferro, é "onbus" lotado... tô que não me aguento mais, doutô!

— Que isso, D. Maria, a senhora tem feito os exercícios e alongamentos, como eu havia dito?

D. Maria olhou atentamente em direção ao médico curioso e, como se estivesse mascando fumo, deu uma resposta convicta.

— Claro, doutô! Acho que foi o remédio, esse trem grátis, não deve de fazer efeito, não! Acho que é pra gente ter que comprar mais, não é não, doutô?

— Nada disso, D. Maria — disse o médico, sorrindo e liberando uma risada, que era um misto de sem graça e ironia. Os lábios pareciam barbante de pipa quase a enrolar no solo. — Vamos repetir os exercícios e vou modificar a medicação e dosagem, tome de oito em oito horas, por quinze dias. Mas lembre-se de tomar direitinho e, D. Maria, continue fazendo os exercícios. Levante-se e repita comigo o que eu fizer...

Dr. Marcos repetiu os mesmos exercícios e passou outros dois novos. Anotou tudo num receituário, fez ainda uma receita de emergência caso a medicação acabasse. Pediu ainda um exame mais elaborado a ser feito. Ficou marcado um retorno em mais trinta dias.

Trinta dias depois...

— Maria das Graças Lima da Silveira!

E veio D. Maria, lenta como de costume, apresentando um sorriso amarelo demonstrando um ar de quem deseja respostas e busca resolver a situação de uma vez por todas. Um olhar de quem está à espera de um milagre.

Dr. Marcos ofereceu também um sorriso como resposta, não dizendo nada, mas nitidamente já havia reconhecido a paciente. Abriu a porta do consultório, indicando com o olhar o caminho que D. Maria lentamente deveria percorrer.

— D. Maria... vejo que a senhora ainda não melhorou. Estou certo? Fez tudo como eu passei?

— Doutô, acho que estou velha para exercícios todos os dias, mesmo assim segui tudinho como me explicou. Os remédios no início diminuíram a dor, mas depois tudo como antes: dor e mais dor. Fiz tudo certo. Me ajuda, doutô!!!!!

— Deixe-me ver estes resultados de exames aqui...

Dr. Marcos repetiu os exames clínicos. Fez novos exercícios e observou atentamente os resultados levados por D. Maria.

— D. Maria, a senhora tem feito os exercícios? Todos eles?

— Doutô, tenho, sim, mas continuo trabalhando duro, tenho uma festa de quinze anos da minha neta para ajudar a fazer, sabe como é, né, doutô. Ela adora docinho de festa... eu faço os melhores do nosso bairro.

— Mas, D. Maria, a senhora já deveria estar boa. Vou passar um remédio mais forte antes de fazermos uma infiltração, quero ver a senhora em quinze dias. Venha direto falar comigo e quando me vir no corredor chamando um paciente, me faça um sinal que atendo a senhora em seguida. Muito estranho isso tudo, mas vamos descobrir o que há de errado, não quero operar a senhora.

D. Maria arregalou os olhos e levantou seu corpo doente num único movimento e partiu em direção à porta.

Quinze dias depois...

Dr. Marcos abriu a porta do consultório e logo de cara viu D. Maria sentada com um livro de palavras cruzadas na mão. Ela devolveu um olhar morno e envergonhado, que ele logo entendeu e fez um gesto com a mão comunicando que ela seria a próxima.

— Doutô Marcos, me ajude, não tenho melhorado nada e a festa está chegano. Tenho feito um de tudo...

Ela já foi se adiantando às perguntas do médico como se fosse num depoimento frente ao juízo de um tribunal. Os dois trocaram olhares e o médico ficou parado, buscando em sua memória algum procedimento ou manobra que ainda não havia feito.

— D. Maria! A senhora é um caso interessante.

— Ahhhh, doutô, meu marido, quando era vivo, dizia isso. Você não é o primeiro homem a me dizer isso não! — D. Maria falou isso olhando encabulada, com as bochechas coradas de vergonha. — Hoje meus netos me dizem a mesma coisa... acho que o Ceará faz isso com as pessoas. Mas me ajuda, doutô?

— D. Maria... — disse o médico, abrindo e fechando as gavetas da mesa como se estivesse procurando por algo. — Vou ajudar, sim, claro! Quero testar uma medicação nova, faremos uma aplicação de injeção na senhora, vou buscar o material e chamar uma enfermeira, e preenchemos juntos os formulários necessários, certo?

— Obrigada, doutô.

— Muito bem, a senhora me aguarde aqui na sala que já retorno.

Dr. Marcos terminou fechando a última gaveta, tirando de lá uns papéis, provavelmente os formulários que ele havia dito e pegou também a imagem impressa de Nossa Senhora Aparecida, largando tudo sobre a mesa. D. Maria ficou sozinha na sala, reflexiva.

Passaram-se longos oito minutos, quando Dr. Marcos retornou acompanhado de uma enfermeira baixinha e carrancuda!

— D. Maria, esta é a enfermeira Regina, ela vai me ajudar no procedimento de infiltração que faremos na senhora, será injetável.

D. Maria permaneceu imóvel e fez um sinal de positivo com a cabeça, olhando atentamente para as mãos da enfermeira Regina.

— D. Maria, então a senhora fez todos os exercícios e alongamentos que lhe passei? Mesmo tomando os remédios, não tem se sentido melhor?

Dr. Marcos fez essa pergunta olhando por cima de seus óculos de grau, com um papel de bula nas mãos, como se procurasse ainda alguma informação sobre a dosagem.

D. Maria coçou a cabeça, olhou para cima, desviando o olhar. Repetidamente, respirou fundo como se quisesse falar algo e no fim deu uma longa e inquieta baforada.

— D. Maria? — retomou o médico num tom inquisitivo!

A paciente repetiu todo o processo, mas desta vez passou os olhos sobre a mesa, percorrendo a sala, vendo a cara da enfermeira e finalizando nos olhos do Dr. Marcos, que estavam parados lhe encarando por sobre os óculos.

— Doutô, sabe o que é... bem, na frente da Nossa Senhora não consigo mentir não! É pecado! — disparou D. Maria, como se estivesse num confessionário. Nunca tomei nada e não tinha coragem de fazer no meu trabalho os exercícios... o que iriam dizer de mim, pobre chique depois de velha!?? Nosssenhora me perdoe, mas não posso mentir. Além disso, adoro vir aqui encontrar o sinhô tão bonitão assim — disse isso fazendo um sinal da cruz com o braço e fitando o teto da sala como em busca de perdão.

Dr. Marcos ficou ali parado, por um instante sem reação, abrindo um largo sorriso e já pegando em suas mãos a imagem de Nossa Senhora estrategicamente deixada na mesa. Ajustou os óculos no rosto e rindo discretamente disse à D. Maria:

— D. Maria, D. Maria... este é um santo remédio!

A linha da fila

Marcelo estava caminhando lentamente. Seguia os passos de uma longa fila que se perdia no horizonte. Por mais que ele pensasse, não se lembrava de como tinha parado ali. Ao redor, havia construções baixas e aconchegantes tais quais uma vila do interior da França. Com certeza ele não pensava assim, afinal nunca tinha sequer saído do estado onde mora, quanto mais ter ido ao interior da Europa. O espaço era generoso e a claridade do ambiente fazia com que ele caminhasse com os olhos apertados, sem poder ver ao certo o seu destino.

Definitivamente, ele não entendia de que modo tinha parado ali e começava a se incomodar com isso. Tampouco se lembrava de quando havia trocado de roupa. Olhava para si mesmo e não se reconhecia. Uma roupa de algodão cru, que nem um turista na praia em João Pessoa. Tudo muito estranho, incomum e, por que não dizer, misterioso.

As pessoas não falavam entre si. Apenas seguiam a fila, caladas, resolutas como se estivessem aguardando algo ou alguém. Toda vez que ele fazia menção de falar uma palavra, desistia, não sentia vontade ou ainda recebia um olhar de alguém da frente ou de trás, transmitindo uma mensagem para ficar em silêncio. Ele resolvia respeitar.

Por mais que tentasse esboçar um olhar amigo e que transmitisse tranquilidade, não conseguia sucesso em esconder sua indignação. Olhava a todos e não os reconhecia. Vestidos com o mesmo tecido, e ele demonstrava olhar de curiosidade. Não havia um rosto amigo, que lhe pudesse trazer acalento ou ainda alguma resposta.

Observando todos na linha, conseguia perceber uns mais ansiosos. Alguns estalavam os dedos, outros pareciam perdidos. A tranquilidade estabelecida incomodava, deixava-o ainda mais curioso e aflito com o silêncio. Sentia que todos sabiam de alguma coisa e que ele não tinha a menor ideia do que pudesse ser. Ou pior, ninguém sabia de nada, inclusive ele. Esse pensamento deixava-o inquieto, fazia uns barulhos com a boca, pigarreava, mas ninguém puxava assunto ou retrucava. A conversa era toda travada com o olhar. Um olhar desconcertante que provocava o desvio tal qual uma criança tímida na frente da professora no primeiro dia de aula.

A única saída era caminhar, passo a passo, até chegar sua vez, se é que haveria sua vez ao fim daquela silenciosa e impactante situação.

Quanto mais avançava, sentia o ar mais puro e limpo. Sua respiração era melhor e sentia seu coração mais calmo. A curiosidade era a mesma, mas aparentemente já havia se conformado com seu estado de ignorância temporária. O sono batia de tempos em tempos, mas era vencido pelo zelo de conhecimento. Permanecia, retornando ao pensamento sobre de que jeito foi parar naquela fila. E para onde estava indo? Essa pergunta ia e vinha em sua mente.

Passado um bom tempo, parecia que ao fim tinha uns que saíam da fila numa outra direção, outros seguiam em frente. Era como se houvesse um posto de controle. Foi nesse momento que ele percebeu que estava sem documento algum e, nas suas roupas, não havia bolsos.

— Próximo!

Ele chegou com um sorriso. Foi encarado por um homem alto e barba milimetricamente feita, que esboçou um tímido sorriso de boas-vindas. Estava acompanhado por uma jovem de longos cabelos ruivos. Marcelo achou estranho, mas ambos estavam descalços com os pés firmes na grama verde e fofa. Percebeu que ele também estava descalço, apertou os dedos dos pés contra o solo e sentiu ele mesmo como a grama era macia e agradável ao toque.

— Seja bem-vindo. Nome, por favor?

— Marcelo Henrique Ferreira de Monteiro Neto.

— Mostre os pulsos, meu amigo.

O homem entregou uma espécie de prancheta para a jovem, segurou com uma mão os pulsos de Marcelo e com a outra pousou os dedos na testa do curioso rapaz. Postou a cabeça num leve movimento para trás. Fechou os olhos e ficou em silêncio. Segundos depois, abriu arregalando-os.

— Pois bem! Como foi seu desenlace?

— Meu desenlace? Como assim? Para lhe ser sincero, não sei do que o senhor está falando...

— Meu filho, quero saber como foi seu desencarne. Sua morte!

Marcelo ficou alguns segundos sem reação. Esticou as pernas como se quisesse sentir o piso novamente, travando os joelhos. Demonstrou um certo desconforto.

— Perdão, amigo, acho que não entendi. O que o senhor quer dizer com morte? Morte mesmo?

— Marcelo — o homem olhou nos papéis que tinha na prancheta como se quisesse conferir o nome dele —, acho que foi você quem não entendeu. Você está morto, fez a passagem, que chamo carinhosamente de desenlace. Como se você fosse um laço que foi solto de seu corpo material. Estamos aqui para ajudá-lo!

Essas palavras foram ainda mais duras e Marcelo permaneceu perplexo sem entender um pedacinho sequer daquela conversa. Viu em todas as direções a mesma paisagem e num instante o sorriso agradável da jovem que acompanhava o homem.

— Eu não morri! Isso deve ser um sonho ou ainda uma brincadeira de mau gosto. — Puxou um pedacinho da barba do homem, que não esboçou reação alguma, mas pôde sentir que a barba era dele mesmo. — Você acha mesmo que vou acreditar nisso? Como posso dizer sobre minha morte se estou aqui falando com você? Se estou vivo?

— Você não se lembra, filho, pode acontecer em algumas ocasiões. Isso não muda sua condição de recém-chegado, de morto. Hoje é seu primeiro momento de nascimento.

— Como pode dizer nascimento se acaba de me dizer que estou morto? O senhor é quem parece estar confuso.

— Você morreu, filho, mas não sabe ainda. Para nós, e para você, sua chegada aqui é um nascimento. Tente aceitar e entender.

— Não morri.

— Morreu.

— Então prove que morri.

— Prove você que está vivo!

Aos ouvidos dele, essa afirmativa parecia ser um insulto ou ainda uma coisa óbvia. — Claro que estou vivo! — O olhar de descrédito de Marcelo parecia já dizer que ele não estava disposto a participar desse embate. Era como se fizesse parte de uma peça de teatro. Algo assim meio sem entender completamente como poderia estar acontecendo.

— Claro que estou vivo. Estou falando com o senhor, vejo, escuto. Toquei na sua barba, sinto o vento, meus olhos reagem a esta bela e agradável claridade. Mordo meus lábios e sinto dor...

— Nem todo sentimento que os olhos veem e a mente entende pode ser uma verdade constante. Há casos em que é preciso questionar o que acreditamos ser. De onde vieram suas roupas?

— Não sei.

— Como o senhor veio parar nessa fila?

— Não sei.

— Onde o senhor está?

— Não sei... mas isso não demonstra nada. Prova apenas que perdi a memória.

— Pode até ser verdade, mas perda de memória não prova que esteja vivo! Vejo, por ora, que o senhor sabe menos do que imagina...

— Como não prova!? Ridícula essa afirmativa... Se estou morto, como posso estar vivo do seu lado? Como vejo esta linda jovem de cabelos avermelhados... — Ela era realmente linda e ele não pôde conter seu galanteio. — E não me venha novamente com esse discurso de que hoje é meu nascimento.

— Por que não me deixa apresentar ao senhor como aqui pode ser muito melhor, posso lhe apresentar amigos, e fazer rever antigas pessoas queridas.

— Quer dizer que vai me apresentar outros tantos que já morreram... como... — Antes que fosse possível continuar, foi interrompido.

— Não! Vou lhe apresentar pessoas que também nasceram aqui, do mesmo modo que o senhor.

— Besteira! — Marcelo saiu decidido e resoluto, passos duros.

— Irmão...

— Não me chame de irmão, não sou seu parente!

A ajudante fez um movimento do corpo demonstrando que iria buscar o fugitivo, mas foi impelida pelo olhar do homem.

Marcelo caminhava de um modo singular.

Inicialmente tomou uma direção qualquer. Seu único e exclusivo pensamento era se afastar e encontrar uma saída, respostas. Passo a passo, seguiu firme.

Algumas passadas depois, seu olhar era de curiosidade. A claridade era intensa e o clima estava agradável. A paisagem era aquela mesma de quando chegou à fila. Casas baixas, espaçadas, bem parecidas umas com as outras. Vegetação aqui e acolá, uma grama verde e intensa. Uma vila aconchegante, concluiu.

Viu pessoas andando. Até teve o desejo de ir ter um dedo de prosa, mas logo pensou naqueles olhares e resolveu se recolher a seu casulo de curiosidade. — Melhor não passar raiva!

— Que diabos de lugar é esse? — Pensou em transgredir o pensamento arrogante daquele homem chato da fila. Deliciou-se com um sorriso dado para ele mesmo.

Chamou sua atenção o fato de caminhar e não suar. Até cogitou que deveria beber água, todavia, não tinha sede. Sentia-se disposto como nunca! Achou estranho como era confortável andar descalço na grama, porém não sentia mais a vegetação aos pés. Parou, tocou com a ponta do dedo indicador na planta do pé e constatou que percebia a pressão do dedo. Deu com os ombros e seguiu adiante.

Muitos momentos depois, avistou um amontoado de pessoas. À medida que ele se aproximava, a multidão alinhava-se numa fila! Quando deu por si, estava novamente na mesma linha e viu mais uma vez o homem no ponto final. Ao ver Marcelo chegando, balançou a cabeça cumprimentando-o.

— Não acredito!!! Esse cara de novo!!! — Melhor omitir ao leitor o pensamento mal-educado de Marcelo, não quero que tome raiva dele.

Não pensou duas vezes. Pegou outra direção, mais aleatória ainda, e prosseguiu decidido.

Pobre Marcelo, deve estar pensando o leitor... Porém quero lembrar de toda a teimosia dele em não parar e ouvir o homem. Não sinta pena dele por isso, preserve seu coração de juiz. Sinta pena daqueles que ainda estavam pacientemente esperando na fila.

Caminhou um outro tanto, teve as mesmas sensações e viu a mesma paisagem, até que finalmente... chegou na fila e voltou a ver o homem.

— Maldito! Este cara me persegue!

Fez esse ritual umas quatro ou cinco vezes, pode até ter sido mais. O leitor talvez tivesse desistido antes, mas Marcelo era tinhoso. Em cada tentativa, uma direção diferente, as mesmas paisagens e, claro, o mesmo resultado. Insistiu um pouco além de seu limite. Quando retornou à fila, já com as contas perdidas de quantas vezes havia repetido esse curioso fenômeno, viu o homem que, acompanhado da mesma bela jovem, deu o mesmo sorriso de boas-vindas.

— Desisto!

— Seja bem-vindo... novamente.

— Esse lugar é tudo igual, uma grande repetição. Vejo muita coisa, mas volto ao mesmo lugar. Tudo igual.

— Não é o lugar que é igual... seu olhar que é sempre o mesmo.

— Todos os caminhos que percorri me trouxeram a você, e por onde andei foi sempre a mesma visão... Não me venha com essa de olhar... Eu sei muito bem que procurei a saída.

— Não duvido, senhor, que tenha procurado e acredito mesmo que tenha visto muita coisa. Mas repito: que o que o senhor viu não foi o que enxergou! Acredito que já faz um tempo que o que o senhor vê não é o que enxerga...

Um sentimento de impaciência começou a tomar conta de seus pensamentos. Apertava desesperadamente a grama com os dedos dos pés, via esse movimento, porém continuava sem sentir a grama. O ar foi subindo à traqueia e se transformou em voz, já um tom acima de sua normalidade — Sabe de uma coisa? Não sei seu nome... Quero fazer uma reclamação sobre você.

— Para quem?

— Não sei, vou descobrir e reclamar.

— Irmão, para onde o senhor vai, para onde poderá ir, se quiser ir, claro, não precisa de nome.

— Mas você não se identificou, não disse nada sobre você e muito menos sobre sua assistente aqui, quando cheguei. Apenas ficou repetindo sobre minha morte... ou como você se chama mesmo?

— Desenlace.

— Pois é... desenlace.

— Irmão, posso chamá-lo assim? O senhor quem precisava se identificar, foi o senhor que veio até mim. Eu já estava aqui quando chegou.

A jovem ajudante parecia observar tudo como se estivesse em treinamento. Não esboçava um sorriso, nada... apenas o olhar penetrante com os cabelos soltos e livres.

O silêncio de Marcelo e o bater das mãos espalmadas em sua própria perna demonstravam que ser chamado de irmão não mais era um problema. Ele ficou imóvel, sem dizer nada. Ele não se sentia um derrotado. Apenas estava... como poderei dizer... raciocinando, refletindo, enxergando pela primeira vez.

— Vamos dizer que tenha mesmo feito o tal do desenlace... então você vai dizer se posso passar ou não? Foi por isso que pegou no meu pulso?

— Não. Não proibimos de fazer nada. Quando me conectei ao senhor, vi apenas sua estadia antes de aqui chegar. Vou lhe dizer que, se quiser, poderá passar, mas a decisão é sua.

— Sendo assim, você proíbe alguns de entrar?

— Também não, digo para alguns que ainda não é preciso entrar, no entanto a decisão, assim igual ao senhor, é deles.

— Quer dizer que o senhor viu minha vida quando pegou no meu pulso?

— Se prefere chamar assim, foi exatamente isso...

— Fui uma boa pessoa?

— Não sei.

— Como não sabe? Você acabou de me dizer que viu a minha vida, que vai me deixar ou não passar, que morri, e não sabe?

— Quem deve dizer para o senhor mesmo é o senhor, e não eu, se sua estadia foi boa. Eu não estive com o senhor. Parece que ainda vê e não enxerga o que eu lhe disse há pouco.

— Ora, bolas! Você está me deixando mais sem respostas e não me diz nada! Se morri, como ficam minhas coisas?

— Que coisas?

— As coisas! Tudo que tinha...

— Marcelo, Marcelo... Quando nasceu estava nu. Ao chegar aqui, nascer novamente, estava sem bolsos... Todo nascimento será sempre assim. Para que trazer malas que não consegue carregar sozinho?

— Mas...

— Veja. O senhor deixou apenas coisas?

— Para alguém que não queria saber de nada, até que me parece curioso... Não exatamente... Deixei, se realmente estiver morto, pessoas.

— O senhor tem boas lembranças e bons momentos com essas pessoas?

— Tenho, muitos bons e deliciosos momentos.

— Que bom, irmão. Teve filhos?

— Tive dois. Mas me deixaram. Fiz de tudo para sempre estar por perto e, apesar disso, vivemos longe. Frutos de companhias egoístas e problemáticas. Uma mentira bem contada vira uma verdade absoluta.

— Marcelo, o senhor está vendo ou enxergando? O que é afinal mentira ou verdade? Sei que fez o melhor, mas não cobre de alguém aquilo que a pessoa não tem... De qualquer modo, o senhor também tem boas lembranças com seus filhos?

— Tenho. Muitas.

— Conseguiria me contar algumas delas com eles ou outras pessoas?

— Claro.

Uma risada contida por um largo sorriso do homem foi ouvida. Ele realmente demonstrou felicidade.

— Fico grato de ouvir isso, irmão. O senhor trouxe essas lembranças mesmo sem ter bolsos. Essas, sim, são malas que consegue carregar. Um belo nascimento, eu diria, Marcelo...

Mais uma vez, ele ficou sem reação. A jovem parecia olhar para o homem, que mexia na barba como se esperasse a palavra do outro. O leitor deve pensar como as outras pessoas na fila não estavam reclamando. Entretanto, digo-lhe que, a essa altura, os que estavam perto desejavam também entender tanto quanto Marcelo queria.

— Seria bom que o senhor se decidisse, meu irmão. Mas pode ainda dar uma volta, se assim preferir.

— Se entrar, deixarei todas as coisas... e... bem... pessoas para trás?

O homem pôs-se em prumo. Olhou fixamente, com um sorriso aberto, para a ajudante, depois virou-se na direção de Marcelo.

— O senhor poderá levar o que acha que consegue carregar. Pode não ir também, como disse, a decisão é sua!

Definitivamente, Marcelo não se lembrava de como tinha parado ali e isso era importante para ele. Não poderia seguir em dúvida, queria enxergar, porém por mais esforço que fizesse apenas via.

Esticou os braços com os dedos entrelaçados, estalando-os. Esboçou um sorriso tranquilo. Deu uns passos na direção do homem e foi entrando. Este, por sua vez, somente baixou a cabeça cumprimentando-o. A jovem fez uma anotação e olhou na direção de Marcelo, que se afastava.

Nosso amigo, acho que o leitor já pode considerá-lo próximo, foi caminhando lentamente quando avistou um amontoado de pessoas. Avistou a linha de outra fila.

Parou por um instante. Apertou os dedos dos pés no chão como se quisesse sentir a grama e ter certeza de que ela estava lá.

Deu de ombros e seguiu vivinho da silva.